A ma mare

La màgia del temps

Gemma Pasqual i Escrivà

Il·lustracions d'Ana Zurita

jollibre

Per cada nit, inconfortable pont,
passen cap a un nou dia amb reial paciència;
un poc de llur closa ciència
cau dins el temps obscur que corre sota el son.

CARLES RIBA

I

Feia un matí gris. Era un d'aquests dies d'hivern en què el sol no vol matinar i els núvols, a poc a poc, es fan els amos del cel, suaument i sense presses, fins que el sostre del món sembla una capa compacta, inescrutable, que el sol mandrós no pot ni té ganes de travessar.

Un despertador sonava i sonava insistentment, semblava que ningú el sentira. Una tassa de llet es trobava sola damunt la taula de la cuina entre les restes de dos desdejunis. Lluitava per conservar-se calentona, apetitosa i fumejant com estava a penes feia uns minuts. Les torrades ja havien desistit i dormien damunt el plat, fredes i toves.

Ignorant de tots aquests esdeveniments, en una habitació fosca i confortable, envoltat de flassades, dormia plàcidament el Guillem. El pare el va cridar per enèsima vegada des del menjador. El trepig sec d'uns talons va anar acostant-se ràpidament cap a la seua cambra cuirassada. Era la mare, que va tustar fort a la porta.

—Faràs tard! Vols llevar-te d'una vegada!

El Guillem va provar d'obrir els ulls; però, per més que ho va intentar, no va poder. De manera que va fer un ronc gutural que, traduït al llenguatge dels humans, significava:

—Ja va!

La mare va obrir la porta, va descórrer les cortines i va alçar la persiana. No hi havia prou claror per a despertar el tocatardà del Guillem, així que va prendre una mesura dràstica i va encendre el llum.

—Què fas? Apaga'l, per favor! —va suplicar el Guillem amagant-se sota el capçal.

—Vinga, aixeca't de pressa i dutxa't!

—Sí, sí, ja va... —va repetir la frase del dia el Guillem.

—Ja va, no! Immediatament! Si no vols que et dutxe jo mateixa...

El Guillem se la va mirar de fit a fit. Sabia que n'era ben capaç, d'arrossegar-lo cap a la dutxa i fregar-lo amb l'esponja, com quan era petit. Es va recordar com li gratava les orelles, i un calfred li va recórrer l'espinada. Va fer un bot del llit i se'n va anar corrent cap a la dutxa.

Ara era el pare qui trucava a la porta del bany.

—Si no t'afanyes, arribaràs als anissos!

—Ja hi som altra vegada! —va dir la mare al pare mentre agafava el seu maletí—. Avui tinc molta pressa, vaig a una reunió molt important. Vols encarregar-te tu que el Guillem no faça tard?

—Quin remei! No patisques, vés-te'n tranquil·la —va respondre el pare mentre continuava donant cops a la porta del bany.

—Guillem, rei, me'n vaig. Ja ens veurem al vespre! Fes bondat! —es va acomiadar la mare.

El Guillem no la va sentir. Ella va restar una estona darrere la porta esperant alguna resposta. Però era inútil, el xipolleig de l'aigua, la mampara perquè el terra no es mullara, la porta per a tenir intimitat..., tot era un mur, un mur que feia impossible la comunicació entre mare i fill, un mur que no els va deixar acomiadar-se. Tan fàcil que hauria estat obrir la porta, i la mampara, i fer-se un bes. Tan senzill que hauria estat parar més atenció. Però el Guillem no escoltava, al primer cop que va sentir a la porta, al primer crit del pare acuitant-lo, s'havia posat a cantussejar ben fort les cançons de Brams, el seu grup de rock preferit. Així era com s'incomunicava del món. Tenia una habilitat especial per a desconnectar-se de tot. I no es va adonar que la mare marxava i no tornaria fins al vespre. Ella tampoc es va esperar massa. Les presses, la rutina diària, aquella reunió tan important que no li havia permès acomiadar-se del fill, la importància relativa de les coses, la importància de besar-se i desitjar-se un bon dia. La mare va fer un bes fugaç al pare i va desaparèixer.

El Guillem es dutxava plàcidament. L'aigua rajava i rajava, el baf havia omplert tota l'estança, no es veia res. A les palpentes va agafar la tovallola. El lavabo, el mirall, tot s'havia esvaït, i una boirina blava havia ocupat el seu lloc.

—Guillem, afanya't. No solament tu faràs tard a escola, sinó que a mi em faràs arribar tard a la feina —es queixava el pare a l'altre costat de la porta.

Era com si sentira ploure. Ara s'eixugava els seus llargs cabells, només dos segons, temps suficient per a poder dir als pares que ho havia fet, era un xicot molt obedient. Odiava l'eixugacabells,

pensava que era un electrodomèstic horrible i que feia un soroll infernal, a més a més de ser molt perillós. Li feia la sensació que, si l'usava més de dos segons, podia quedar electrocutat. Ell, per si de cas, prenia totes les precaucions i no utilitzava mai aquest aparell sense protegir-se amb els guants de goma de fregar, així que trigava més a posar-se i treure's els guants que a eixugar-se els cabells. Però, tal com deia ell, home previngut no és vençut; sabia molt bé el que feia; n'estava fart, de veure pel·lícules en què la taxa de mortalitat augmentava per culpa de l'eixugacabells, això sí, deixat caure sense voler dins una banyera en què hi havia una rossa espaterrant i amb l'aigua fins al coll. No cal dir que el gènere preferit del Guillem era el *gore* i que la seua imaginació era desbordant. El pare opinava que era un neuròtic, i la mare ho justificava dient que eren coses de l'edat. El fet és que encara ningú havia aconseguit treure-li aquesta mania del cap.

El rellotge corria i corria, i el pare ja s'havia cansat de tant de cridar. L'escena es repetia cada matí, i ja n'estava fart. Sabia del cert que a l'últim el Guillem aconseguiria arribar al metro, tot just, però hi arribaria, de manera que va escalfar un altre cafè i es va assossegar. Ara l'esperava tranquil·lament assegut a la taula de la cuina llegint el diari.

Per fi va aparèixer el Guillem, molt polit i amb els seus cabells llargs ben xops.

—Te'ls has d'eixugar més, els cabells; som a l'hivern i et refredaràs.

—Quin fàstic, aquesta llet és tèbia!

—I doncs, què vols? Ja fa més de mitja hora que està sobre la taula, el que és estrany és que no siga completament gelada.

El Guillem la va tornar a escalfar al microones. Ara sí, que estava com a ell li agradava, fumejant. Va desistir de menjar-se les torrades, eren fredes. Per un instant va dubtar de posar-les al microones, però quedaven com si foren de goma. La millor solució era la torradora; l'únic inconvenient és que aquest electrodomèstic, i l'eixugacabells, i uns quants més, formaven part d'una llista d'elements no desitjats, així que ho va deixar córrer. Ja feia temps que no aconseguia menjar torrades com cal; potser aquesta era una bona raó per a llevar-se d'hora. De manera que es va decantar per prendre cereals.

El pare se'l mirava per sobre del diari, i es mossegava la llengua per no dir res. El Guillem ara agafava la bossa de cereals i en posava uns pocs a la llet, després una culleradeta de sucre, i lentament, sense pressa, se'ls anava ficant un a un a la boca.

Per fi va esclatar el pare.

—Para de pellucar i fes-me el favor de menjar més de pressa!

—I què vols, que se m'assente malament! —va replicar el fill mentre anava cap a la nevera.

—I ara on vas?

—A agafar el suc de pinya, em fan falta vitamines. Tu sempre dius que un bon desdejuni és necessari per a començar el dia.

—Per a alguns mortals, el dia ja fa hores que ha començat. Escolta'm, fill, mira si alguna d'aquestes vitamines et va directament al cervell, i aquest dóna l'ordre que passes via!

—Realment, pare, no t'entenc —va declarar el Guillem mirant-lo amb uns ulls com unes taronges.

—Sí, fill, sembla que alguna cosa t'impedeix entendre que es fa tard, que tinc pressa i que la meua paciència s'acaba!

—Si vols un consell, no prengues tant de cafè, de segur que aquest és el segon. Que no te n'adones, que ets un sac de nervis?

El pare va quedar bocabadat, no hi havia dubte que el Guillem era sorprenent. Sempre havia pensat que aquest aspecte de la personalitat del fill l'havia heretat de la família de la mare, no recordava ningú tan maniós en la seua. La mare pensava exactament el mateix però a l'inrevés. El cert és que ell era així, únic, com tots els adolescents.

—Per cert, i la mare? —va preguntar estranyat el Guillem, que encara no s'havia adonat que no hi era.

—No t'ha pogut esperar més. Tenia una reunió molt important.

—Però ja es podia haver acomiadat —es va queixar el Guillem.

—I ho ha fet. Però el senyor era a la sauna i, és clar, no se'l podia molestar.

El Guillem se'l va mirar atònit, no entenia la ironia de les persones grans, les trobava molt poc gracioses. Per fi va acabar de desdejunar-se. Aleshores es va posar a revisar la motxilla.

—Això no ho podies fer al vespre abans de ficar-te al llit?

—Si ja ho faig, però ho torne a mirar per si de cas m'he descuidat alguna cosa.

—Vinga! De pressa! O no et portaré al metro —el va amenaçar el pare, que ja treia foc pels queixals.

El Guillem es va penjar tranquil·lament la motxilla i va enfilar cap a la porta.

—Cuita, que farem tard! Després dius que la culpa és meua —va apressar el pare, que havia anat a agafar les claus del cotxe.

El pare se'l va mirar amb incredulitat, es feia creus com aquell fill seu podia tenir tanta barra.

II

L'escola del Guillem era a Museros, un poble pròxim a la ciutat de València, només a vint minuts amb metro. Tenia el temps calculat, agafava el metro de les 8:34, arribava al poble a les 8:54 i a les 9 ja era a classe.

Els pares sempre li advertien que no podia anar tan just, que a l'hora que es llevava li sobrava temps per a agafar el metro anterior i arribar més prompte a classe; però ell no en feia cas. Bé era cert que, des que hi anava amb metro, mai havia fet tard a escola i que aquestes manies de l'horari, de tenir els minuts comptats, formaven part de la seua personalitat, o almenys de la personalitat que tenia d'uns quants mesos ençà, ja que li canviava cada cert temps. Per això, tothom s'ho prenia com si fóra un refredat, que amb el bon oratge passaria.

A penes feia un parell de mesos que el Guillem agafava el transport públic per a anar a escola. Va aconseguir convèncer els pares quan va fer catorze anys. El fet és que ell el que volia era una moto, però la mare deia que ni parlar-ne, i el pare, que quan fera quinze anys ja ho discutirien. Així, si més no, va aconseguir deixar l'autobús escolar. Ara tenia tres mesos més, i li agradava barrejar-se amb els passatgers, sentir les converses alienes —quan el volum dels seus auriculars li ho permetia—, com comentaven els seus problemes, com parlaven de la feina i fins i tot de coses més íntimes, l'únic moment que apagava l'MP3. Ell feia el distret, però parava orella a tot el que deien.

El Guillem va saltar del cotxe del pare gairebé abans que s'aturara.

—Ara sí, que corres! Que no em fas un bes? —va cridar el pare—. Guillem! Adéu!

Aquestes paraules les va dir el pare per a ell mateix. El xicot ja havia desaparegut, s'havia esmunyit volant per les escales del metro. Va obrir la motxilla i en va treure l'abonament. Tenia el temps calculat, només faltava un minut. Va posar l'abonament per la ranura i... un nyic-nyic espantós li va entrar per les orelles.

—I ara què passa! —va cridar.

La porta no es va obrir, l'aparell li va tornar l'abonament. El Guillem se'l va quedar mirant. De sobte, un xiulet acompanyat d'una claror intensa va omplir l'estació. Era el metro. Va introduir l'abonament una altra vegada, i una altra, però la màquina li'l tornava insistentment. Va anar corrent cap a la finestreta. No hi havia ningú, un cartell indicava que calia anar a una altra finestreta en un altre lloc. La gent continuava pujant al metro. Potser tindria una oportunitat en els dispensadors de bitllets automàtics. Va treure els diners de la motxilla mentre corria cap allà. El metro continuava aturat. Va ficar dues monedes, la màquina li les va tornar: «import exacte», «import exacte», li repetia una veu metal·litzada. Estava desesperat. Es va preguntar qui devia ser el llumenera que havia posat veu a la màquina. Apuntaria aquesta a la seua llista. El metro seguia a l'estació. Va mirar cap a tots els costats, buscant algú que l'ajudara.

—Per favor, senyora, que porta canvi? —va demanar a una velleta que passava per allí.

—No, fillet, jo tinc un abonament. T'ho recomane, és molt pràctic, i així no et cal anar buscant xavalla... —parlava i parlava l'àvia, mentre el Guillem, impotent, veia com el tren desapareixia.

Arribaria tard a l'escola.

—No hi fa res, moltes gràcies, senyora —va dir, decebut, mentre corria a buscar la finestreta que indicava el cartell.

Una vegada allà, una empleada el va informar molt amablement que la targeta estava arrugada i que, per això, no podia picar. Ella li'n faria una altra. Amb l'abonament nou les portes es van obrir de seguida, va baixar l'escala mecànica tranquil, sense pressa, i no volant tal com estava acostumat a fer. Es va asseure en un banc a esperar el pròxim metro. Aleshores es va posar a cavil·lar com ho explicaria als pares; per un instant va imaginar les seues cares condescendents, repetint-li una vegada i una altra «ja t'ho dèiem», mentre ell els contava tot allò de l'abonament i de les portes. Però, com que no hi havia remei, va engegar l'MP3 i es va aïllar del món amb les cançons de Brams.

L'andana va començar a omplir-se de gent, gent desconeguda, gent que no havia vist mai.

—Està ocupat? —li va demanar una veueta amable.

El Guillem no sentia res amb la música tan alta. Una mà li va tocar el muscle. Va alçar els ulls, era l'àvia d'abans. Es va treure l'auricular d'una orella.

—Hola! Que puc seure? —li va tornar a preguntar l'àvia, mentre intentava fer-se lloc al seu costat.

El Guillem i la motxilla s'havien arrepapat al banc.

—Sega, sega —va dir mentre rectificava la postura i deixava la motxilla a terra.

—Ja veig que has aconseguit el canvi.

Però el Guillem ja s'havia tornat a posar l'auricular. La dona, insistent, li va posar la mà al braç i va parlar més fort.

—Ja veig que has aconseguit el canvi!

—Ah, sí, el canvi, sí... —va dir el Guillem sense fer-li massa cas. Va pensar que explicar-li tot allò de l'abonament era massa llarg, de manera que va continuar amb la música de Brams.

—On vas?

Aquesta vegada sí, que va veure com la dona movia els llavis. Va abaixar el volum de l'MP3 i va mirar al seu costat per si de cas hi havia algú més; però no, al banc eren tots dos sols, així que va comprovar esgarrifat que la dona tenia ganes de fer-la petar amb ell.

—A escola —va contestar mirant al sostre, no tenia cap interès d'encetar una conversa amb una desconeguda, per molt encantadora que fóra aquesta velleta.

—Amb metro?

—Sí, és a Museros —va especificar de mala gana.

—Museros, pocs i *punyeteros*, i els que sobren, *embusteros* —va recitar l'àvia tot rient.

—Sí, això diuen... —va comentar el Guillem sense fer-li massa cas, ja estava fart de sentir aquest refrany.

—És una broma, però la dita no és certa. Jo tinc família a Museros, saps, coneixes la tia Júlia, la que viu al carrer Major?

—No, senyora, jo només hi vaig a escola, no conec ningú del poble.

—Doncs és una mica tard per a anar a escola.

—Sí —va respondre amb un monosíl·lab, ara mirant a terra.

JORDAN
23

—Que has perdut l'altre metro?

«És evident», va pensar el Guillem. Però era massa educat i dels seus llavis va tornar a sortir un altre monosíl·lab.

—Sí.

—Ai! Aquesta joventut, mai teniu pressa. Qui tard s'alça, tot el dia trota —va sospirar l'avia, a la qual agradaven les frases fetes.

El Guillem no va respondre, va abaixar els ulls i es va fixar que la dona portava un paraigua. Ni s'havia adonat del temps que feia. Potser plovia o potser la dona no tenia cap bastó per a recolzar-se i feia servir el paraigua. Aleshores va mirar al seu voltant, no podia ser que totes les persones necessitaren un bastó per a caminar, i encara era menys probable que, en comptes de bastó, feren servir un paraigua. Era ben evident que plovia i ell no havia agafat l'impermeable. No utilitzava mai el paraigua. Odiava aquests aparells llargs i punxeguts, plens de barretes i tan poc discrets. No cal dir que també eren a la seua llista.

«Ara, si surt el sol, ves què fas!», pensava, i imaginava un sol de justícia i ell, només ell, passejant-se per tota la ciutat amb un d'aquests artefactes a la mà.

Tenia un gran sentit del ridícul o, més ben dit, un sentit molt particular del ridícul. Portar un paraigua un dia tan negre com aquell no li feia gens de gràcia per si de cas escampava. Però portar, un dia d'hivern, una samarreta vermella de tirants de bàsquet amb el nom del Jordan a l'esquena i, a sota, el nombre vint-i-tres, damunt un jersei de llana de màniga llarga, li semblava d'allò més natural. I dur els pantalons per sota els calçotets, això sí, tapant aquests amb una samarreta, era l'última moda. I avui perquè se n'havia oblidat, però no se sentia gens malament amb el seu impermeable groc cridaner, com els que duen els pescadors. Tot i que escampara.

El xerric estrident del metro el va treure dels seus pensaments. Es va penjar de pressa la motxilla i es va afanyar a buscar un dels cobejats seients; sempre aconseguia anar assegut, per molta gent que hi haguera al metro. Tenia una tècnica: a mesura que el metro entrava a la parada, ell ja anava fixant-se en les persones que es preparaven per a baixar, clavava la vista en els seus seients i, abans que ningú se n'adonara, quan el metro obria les portes ja hi era a dins acomodat. Poques vegades li havia fallat aquesta tècnica; però, per si de cas, utilitzava la psicologia per a aconseguir-ne un a la pròxima parada. Es fixava en la gent, com s'aferraven a les bosses o als maletins, com rectificaven la postura i es posaven més rectes, estirant el cap i mirant per la finestra, o movien els peus nerviosos, o seien a la vora preparats per a aixecar-se. Aleshores quedava palplantat enfront seu i encara no s'havien alçat que ja l'havia ocupat. Gairebé era ell qui els obligava a decidir-se i preparar-se amb antelació per a baixar. Però aquesta vegada no li va caldre usar aquest mètode, va seure a la primera i a l'únic lloc que quedava lliure en tot el metro.

Ja estava tot arrepapat al seient quan va entrar amb pas lent i insegur l'àvia, i a poc a poc va anar acostant-se cap al Guillem. No volia mirar-la; esperava que, abans d'arribar al seu costat, alguna amable ànima li cedira el seient i, si podia ser, ben lluny d'ell. Però no, cada vegada era més a prop seu i ningú li l'oferia. Va tenir una idea. Li cediria ell el seu i d'aquesta manera, com que hauria d'anar dret, s'allunyaria prou d'ella per a no continuar la interessant conversa d'abans. No cal dir que, per al Guillem, les frases fetes i els refranys no eren sant de la seua devoció, així que la va mirar de fit a fit i li va fer un somriure.

—Vinga, sega aquí —es va oferir amablement.

—No cal, no cal que t'aixeques. Jo baixe a la pròxima parada —va dir la veu d'una desconeguda inoportuna que seia al costat del Guillem.

—Que amables que heu estat tots amb mi. Vés amb vells i rebràs bons consells, això deien quan jo era petitona —va recitar l'àvia una de les seues frases, encantada de poder seure al costat del xicot.

El Guillem va quedar bocabadat, el seus plans no solien fallar gairebé mai.

—Que va gaire lluny? —li va preguntar el Guillem, desesperat.

—A l'últim poble, Rafelbunyol, tot just al final de trajecte. Però ara ja no patisc, vaig asseguda i amb bona companyia.

Va guardar l'MP3, estava segur que li seria impossible escoltar-lo aquell dia.

—Fa molts anys que hi visc, però jo vaig néixer a Foios, el que passa és que el meu home és de Rafelbunyol. Tu saps que diu la dita?: Albalat, les xiques guapes; Museros encara el guanya; Meliana s'ho pensa ser, i Foios s'endú la palma. Ara ja sóc vella, però de jove... —va quedar pensativa l'àvia—. I tu, d'on ets?

—Jo?, de València —va respondre el Guillem, que encara es feia creus com d'una pregunta tan simple, de pura cortesia, n'havia tret una resposta tan llarga.

—A València no hi vages si no portes diners, que veuràs moltes coses i no compraràs res.

—Ho havia sentit a dir de la fira, però mai de València —va dir el Guillem, per dir alguna cosa.

—Això ho deia mon pare. Quants anys tens, fillet?

—Catorze i mig.

—Jo tinc un netet que es diu Andreu i té la teua edat. I tu com et dius?

—Guillem.

—Un nom molt bonic. Avui faràs tard a escola, això no està bé. No s'ha de perdre cap tren, no se sap mai que et pots trobar en el pròxim... —va dir enigmàticament l'àvia.

—Què vol dir?

—Res, fill, res, coses de velles.

—No, si té raó. Potser he anat amb el temps massa just. Miraré de llevar-me alguns minuts abans, així menjaré torrades —va reconèixer el Guillem a l'àvia, cosa que mai hauria fet als pares.

A poc a poc, el metro, el gran cuc que travessava València, anava deixant les entranyes de la ciutat i sortia a l'exterior en direcció als pobles de l'Horta Nord.

—Quin dia més negre! —va exclamar l'àvia.

—Sí, és fosc i plou a bots i barrals —va dir preocupat el Guillem, que ja pensava que es xoparia de la parada del metro a l'escola.

—Si no plora el cel, no riu la terra —va sentenciar l'àvia.

De sobte es va sentir una frenada molt forta, un xerric esgarrifós, i abans que el Guillem se'n poguera adonar, la seua motxilla anava volant pels aires en companyia del paraigua de l'àvia. Els llums es van apagar. El Guillem estava espantat, la gent cridava aterrida. Ràpidament es va girar cap a l'àvia i la va subjectar ben fort. La dona no deia res, ni cridava, ni plorava, estava molt tranquil·la, tenia un enigmàtic somriure dibuixat a la cara. El tren va bolcar enmig d'un gran terrabastall i el Guillem va perdre el coneixement.

Quan es va despertar, ja no plovia, lluïa un sol nou i la claror era enlluernadora. Al voltant del metro hi havia tot d'ambulàncies i de gent que es bellugaven amunt i avall. El Guillem es va aixecar a poc a poc, gairebé demanant permís a cada múscul del seu cos. No li feia mal res, no tenia sang, ni la roba estripada, no tenia un sol esgarrany.

I la motxilla? No hi era. I de l'àvia, què se n'havia fet? La va buscar desesperadament. Per fi la va trobar. Encara era al seu lloc. Era insòlit veure-la asseguda al mateix seient, solt i a uns quants metres de distància del vagó. El Guillem es va estranyar. Com podia ser que no s'haguera mogut? Com havia pogut sortir disparada i quedar en la mateixa posició si no duien cinturons de seguretat? Era impossible sense estar lligada. Potser havia tornat a seure i ell no l'havia vista. Però, com podia estar tan fresca, tan calmada, després d'un cop tan fort? El seu pensament anava com unes debanadores i no aconseguia fixar les idees.

—Que es troba bé? —li va preguntar preocupat el Guillem—. Val més que cridem un metge.

—No patisques, fill, ja no em fa cap falta. Seu i tranquil·litza't una mica.

—Com vol que em tranquil·litze? Trobe que no s'adona del que ha passat, hem tingut un accident!

—Sí, és veritat. Però nosaltres ja no podem ferhi res.

—Anem a l'hospital, potser tenim algun os trencat —li va proposar el Guillem mentre es mirava el cos.

—A tu et fa mal res?

—No, en realitat no em fa mal res —es va meravellar el xicot.

Al seu voltant, la imatge era dantesca, persones malferides, traumatitzades, tots cridant i demanant ajut. En canvi, ell i l'àvia ni s'havien despentinat. El Guillem es va espantar molt.

—Seu, que ja vindrà algú a buscar-nos —li va indicar l'àvia.

—Però si sembla que ni ens veuen, van amunt i avall i passen pel nostre costat com si fórem invisibles —al Guillem, les seues pròpies paraules li van fer feredat.

—És que no és aquesta, la gent que esperem.

—No? I doncs, qui esperem? —va preguntar el Guillem amb un fil de veu.

—Ja ho veuràs.

En aquell instant va veure passar una metgessa prop seu, portava un fonendoscopi penjat al coll i una farmaciola a les mans. Li va anar al darrere.

—Disculpe, senyora! Aquí hi ha una velleta, val més que li faça un cop d'ull!

Però la metgessa estava molt ocupada intentant parar l'hemorràgia d'un home que era a terra ple de sang i no li va contestar, ni tan sols el va mirar.

—Deixa-ho córrer, no et veu —el va advertir l'àvia.

—Què vol dir? —va preguntar el Guillem, desesperat.

—Que no formem part d'aquesta gent —li va explicar l'avia, que parlava amb serenitat, plena de saviesa.

—Vostè està en estat de xoc. Que no ho veu, que té molta feina! —va cridar el Guillem, assenyalant l'home que era a terra ensagnat.

—Torna-ho a intentar —el va reptar l'àvia.

Ara el Guillem ho va provar amb un infermer que prenia la tensió a una dona que estava mig desmaiada en una llitera.

—Per favor, escolte! —el Guillem cridava espantat—. Escolte'm, per favor! Que algú m'escolte! —suplicava desconsolat.

—Tranquil, fillet —el va acaronar l'àvia.

—No, no pot ser... No sóc mort! —va clamar el Guillem, i en pronunciar aquesta última paraula va quedar mut.

—Doncs a mi em sembla que sí, que ho som tots dos.

—Però això és un error, jo sóc jove i a més a més no em tocava venir amb aquest metro. Potser estic inconscient, potser és un malson... Sí, és això, sóc a casa meua, a la meua habitació, i ara em despertaré i la mare em renyarà i em dirà que m'afanye... —es va voler convèncer a ell mateix.

—No, no és un malson. Però potser sí, que és un error. Val més que busques la Màgia.

—Què és la Màgia?

—L'única persona que et pot ajudar.

—I on és? —la va buscar el Guillem amb la mirada, entre tota aquella gentada.

—No ho sé, jo mai l'he vista. Va ser mon pare qui me'n va parlar una vegada. Però no et preocupes, ella t'ajudarà. Ara me n'he d'anar, m'ha arribat l'hora —es va acomiadar l'àvia fent-li una abraçada.

—No, per favor, no em deixe sol! On va? Jo vull acompanyar-la —li va suplicar el Guillem. S'aferrava a ella, no la volia deixar marxar.

—No, Guillem, on vaig jo, tu no m'hi pots acompanyar. Ha arribat la meua hora. Però no et

preocupes, recorda que no estàs sol, hi ha molta gent que vetlla per tu.

—No, per favor! Per favor, no se'n vaja! —plorava el Guillem, desconsolat.

—Sigues fort, fillet! I recorda: busca la Màgia —li va xiuxiuejar l'àvia mentre el cos se li anava esborrant a poc a poc, fins a desaparèixer per complet.

El Guillem va quedar tot sol, entre un munt de gent, morts i vius. Va buscar la motxilla. S'havia d'aferrar a alguna cosa real i en aquells moments era la seua única possessió, el seu tresor, l'única cosa que estava segur que existia, l'única veritat que coneixia. És curiós com la gent ens fem al medi en què som. Lentament anava acostumant-se que no el veieren, que passaren pel seu costat, pel davant, pel darrere, i que ningú li diguera res, que ningú percebera la seua presència.

Per fi va veure la motxilla enganxada al paraigua de l'àvia. Es va sentir reconfortat. Va córrer cap a ella, va allargar la mà per agafar-la, però no va poder. Ho va tornar a intentar. La seua mà la travessava, la passava pel costat, per sobre, per sota. Era impossible.

—Sóc un fantasma! —va cridar horroritzat. Però ningú el va sentir.

El més esgarrifós encara no ho havia vist. Unes passes més avall hi havia un cos, un cos sagnant, un cos envoltat d'infermers i de metges. El Guillem va alçar els ulls i va reconèixer entremig de tota aquella gent una samarreta, una samarreta de bàsquet, una samarreta de bàsquet amb el nombre vint-i-tres. Va fer un crit, un crit agut, un crit sentit, un crit sense veu que ningú va sentir.

A poc a poc va anar acostant-s'hi. No volia, però va fer el cor fort i es va mirar fixament el cos que era a terra. No hi havia dubte, era ell. Es va mirar de fit a fit als ulls. Gairebé no es reconeixia. No era com mirar-se al mirall. Era una imatge real. Va desitjar amb totes les seues forces despertar d'aquest malson.

De cop i volta, tot el personal sanitari va començar a bellugar-se. Dues persones van posar el seu cos en una llitera.

—On aneu? Què feu amb el meu cos? Sóc mort? —el Guillem va fer tot un seguit de preguntes sense resposta.

Encara tenia una altra pregunta més important. Qui o què era la Màgia i on la podria trobar.

—Espereu! —va cridar, i els va seguir. El seu cos era l'única cosa que li quedava i no el volia perdre.

No estava segur que aquesta fóra la solució al seu problema, però no s'hi va pensar gaire, va pujar a l'ambulància i es va deixar portar.

III

El trajecte fins a l'hospital se li va fer etern. No volia mirar el seu cos, deixava fer als infermers i als metges. El Guillem tenia alguna esperança que no fóra el final. Si de debò fóra mort, ja haurien abandonat i no continuarien injectant-li coses. Un raig de llum es dibuixava en el seu pensament. La sirena de l'ambulància va parar de sonar, per fi havien arribat.

—De pressa, de pressa! —indicava el Guillem al personal sanitari, encara que sabia que era inútil, que ningú el sentia.

Corria amunt i avall darrere el seu cos. No treia l'ull de tot el que passava. Buscava algun indici, algun detall que li donara una pista, que el poguera ajudar. Potser allí trobaria la Màgia.

—Què feu ara! Aquesta samarreta és autèntica! —va protestar el Guillem en veure que un infermer amb unes tisores la tallava de dalt a baix.

De sobte va sentir unes veus familiars, va dreçar les orelles i una immensa alegria el va reconfortar. Eren el pare i la mare. Va córrer cap a ells, volia abraçar-los, i plorar, plorar molt a la falda de la mare, com quan era petit, i que la mare li cantara una cançó de bressol, i dormir, dormir profundament, fins a despertar d'aquest malson.

Els pares ploraven. El Guillem cridava, cridava amb força, i ells no el sentien.

—Ni tan solament m'he acomiadat d'ell, no li he pogut fer cap bes... —deia entre sanglots la mare, desconsolada—. Jo hauria volgut dir-li que l'estime, que l'estime molt, i no li ho he pogut dir...

—Ell ja ho sap, això, dona. Estic segur que sap com l'estimem —consolava el pare a la mare, mentre al seu interior recordava amargament que el Guillem no l'havia sentit quan ell se n'havia acomiadat.

La tristor de l'ambient era profunda. El Guillem estava petrificat, observant. Ningú el sentia, però a ell tampoc li quedaven paraules.

—T'estime, pare. T'estime, mare... —va dir amb un fil de veu.

Tenia la vista clavada en els pares. Va veure la mare molt gran, i això que era una dona jove, encara que per al Guillem tota persona que passara de divuit anys ja formava part de la història antiga. Però allà, a la sala de l'hospital, semblava com si la mare tinguera vint anys més. La va mirar als ulls, aquells ulls lluents del color de les castanyes, aquells ulls desconsolats i plens de llàgrimes, i sense saber ben bé per què es va recordar de quan era petit i jugava a pilota amb els pares a la caseta dels avis. Per un instant li va venir a la memòria un record intensament alegre i viu.

Tot d'una, el món del Guillem va començar a trontollar. Tot es va fer fosc, molt fosc. Estava molt espantat. Una llum blanca i molt lluent se li acostava. El Guillem s'hi resistia a mirar, però s'hi sentia tremendament atret. A l'últim es va deixar vèncer i va anar cap a la llum. Milers de punts brillants el van envoltar. Un terrible vertigen el va envair. El cap li rodava. De cop i volta, tot es va aturar en sec. Tenia la vista ennuvolada. A poc a poc va començar a veure-hi clar. Allà hi havia la mare, semblava més jove; no, no ho semblava, era més jove. Tenia els cabells d'un altre color i més curts; en canvi, el pare els portava llargs i en tenia molts. I qui era el nen que estava amb ells? Era ell quan era petit. Se li va posar la pell de gallina. Ja no era a l'hospital, era a la caseta dels avis. Feia una aroma fresca, d'herba humida. Es va asseure a terra, però no es va mullar, només podia olorar, i així ho va fer profundament. Només podia observar l'estampa, i així ho va fer detalladament, sense que se li escapara cap minúcia. Va dibuixar un somriure. Potser la Màgia hi era a prop.

De sobte va veure l'avi. No, aquest no era el seu avi, era el seu besavi. Ja no se'n recordava. Els pares li n'havien parlat força, però va morir quan ell era molt petit, potser quan tenia dos o tres anys com ara. Sí, no n'hi havia dubte, era el besavi Pere.

—*Guillem, no córregues tant, que el besavi Pere no pot seguir-te. Ja sóc massa vell, jo, per a aquests jocs. M'asseuré una estona.*

El Guillem se'l va mirar sorprès. Aquelles paraules li eren molt familiars. Sí, tot d'una se'n va recordar.

—Aviseu el metge! Mare! Pare! —cridava el Guillem, però ningú el sentia.

Li havia vingut a la memòria el besavi Pere un dia que jugava amb ell a pilota i es va sentir molt cansat, es va asseure en una cadira i es va adormir per sempre. Ja no es va tornar a despertar mai més.

Va suplicar, es va enrabiar, però era inútil. Va plorar mentre el petit Guillem es mirava el besavi Pere sense saber què passava.

—Fa nona, fa nona —va dir el petit Guillem.

—Sí, fa nona —va repetir amargament les mateixes paraules.

—No, no faig nona. L'he dinyada! —va sentir mormolar darrere seu.

El Guillem es va espantar, en girar-se...

—Besavi Pere! Que em veus?

—I tant! Però què hi fas, aquí? Ets molt jove, tu...

El Guillem el va abraçar, i va plorar amb ganes com mai ho havia fet. El besavi no li deia res, també plorava i l'estrenyia entre els seus braços forts de pescador.

—Besavi, és una equivocació, s'han enganyat —balbucejava el Guillem—. Una dona m'ha dit que he de buscar la Màgia. Ella m'ajudarà.

Les paraules del Guillem s'atropellaven i li sortien ràpides de la boca, gairebé sense passar pel pensament. Intentava explicar-li amb tots els ets i uts el que li havia passat. El besavi, a poc a poc, com aquell qui estira el fil d'una madeixa, en va anar traient l'entrellat.

—La Màgia? —va preguntar, mentre la buscava en la memòria.

—La coneixes? On la podem trobar? —el va interpel·lar el Guillem, nerviós, mentre s'eixugava les llàgrimes.

—Sí... bo, no la conec però la vaig veure una vegada ja fa molts anys —va especificar el besavi amargament. No volia recordar aquell temps però sabia que no tenia altre remei. Pel besnét faria qualsevol cosa, tret de donar la vida que ja no tenia.

—Qui és la Màgia? Per què em pot ajudar?

—Bo, doncs la Màgia... —va començar a dir el besavi mentre es gratava el clatell— és difícil de definir, ella és una persona que rectifica els errors.

—Què vols dir? Quins errors?

—Doncs ara mateix el que t'ha passat a tu, o el que creus que t'ha passat. És a dir, tu creus que ha estat un error, l'accident del tren; doncs, si és així, ella t'ho solucionarà.

—I com m'ho solucionarà? Per què no n'he sentit mai a parlar? —el Guillem era ple d'incògnites.

—No sé com ho farà... i no n'has sentit a parlar perquè mai cap viu l'ha vista. És una llegenda entre els vius i una esperança entre els morts —en acabar la frase, ja s'havia penedit d'haver-la dita.

—Vols dir que sóc mort —va balbucejar amb un fil de veu el Guillem, apesarat.

— Jo no vull dir res, i tu ja saps ben bé el que et dic. A més a més, ja n'hi ha prou de xerrameca, anem a buscar la Màgia —va tallar la conversa el besavi, ja que pensava que no anava per bon camí.

—Però saps on viu?

—Què vols dir, on viu? Ella no viu enlloc, l'anirem a trobar on la vaig veure ja fa molts anys. És un indret perillós i val més que no t'apartes del meu costat.

—Però tu l'has vista? Com pot ser? També va ser un error? I què significa això que és perillós? Què vols dir? Jo ja sóc mort, a mi ja no em pot passar res de pitjor.

—Tu no saps res, Guillem, i ara no puc explicar-t'ho. S'acaba el temps —el va avisar el besavi, que no volia continuar per aquest camí.

—El temps s'acaba? Quin temps? —es va interessar el Guillem, nerviós i esverat.

—El meu —el va tallar secament el besavi.

«I el teu», va pensar. Però això no va gosar dirho al besnét.

El Guillem no va voler aprofundir més en aquesta qüestió.

—I com la trobarem?

—Agafa'm fort les mans i mira'm als ulls. Veuràs els meus pensaments, concentra-t'hi.

El Guillem no n'estava gaire convençut, però no tenia cap altra alternativa. Va fer exactament el que el besavi li havia ordenat. El va agafar fort i el va mirar fixament als ulls. Al principi no veia res, però a poc a poc va albirar un riu, un riu vermell, molt de fum i molta gent. No sabia el que pensava el besavi. Però una cosa sí que tenia clara, que ell no volia anar en aquell lloc. Tenia por.

—Confia en mi —li va murmurar el besavi.

El Guillem ho va tornar a intentar. Va començar a veure cavalls morts, moltes persones vestides de soldat, unes eren malferides, d'altres mortes. Sobtadament va sentir petards i crits. Com podia escoltar els pensaments del seu besavi? Ja havien arribat, els seus peus tocaven terra, eren en el riu vermell, un riu brut de sang, i els petards no eren tals sinó trets, i la gent cridava, plorava i es planyia.

Es va agafar fort del besavi, aferrant-se a l'única cosa que tenia, l'única cosa de què estava segur.

—On som? —va preguntar amb por.

—A la guerra del 36, concretament a la batalla de l'Ebre —va dir el besavi amb les mans tremoloses.

Aquests records l'havien acompanyat durant tota la seua existència. Mai hauria imaginat que tornaria a viure aquella batalla perduda; mai de la vida pensava a tornar a veure tant d'horror, i encara menys la missió tan dura de portar-hi el besnét. Va fer el cor fort i, amb el Guillem de la mà, va buscar la Màgia.

Per fi la va trobar. Estava tal com l'havia deixada feia més de mig segle endarrere, la mateixa xicota morena, de cabells llargs i pell fosca, d'edat semblant a la del besnét, observant atònita, buscant entre els cossos. Encara ara no s'explicava com la va poder veure, era una llegenda que passava de pares a fills, però mai s'havia pensat que fóra real.

—Què hi feu, aquí? —es va sorprendre la Màgia en veure'ls.

—El meu besnét et necessita.

—Tot ha anat bé, ja veig que t'has fet vell.

—Sí, tot bé. A qui no ha anat tan bé és al Guillem. Creiem que es tracta d'un error —va explicar el besavi, nerviós, se sentia incòmode davant aquella nena.

El Guillem no deia res. No sabia com el podia ajudar aquella xicota, si semblava més petita que ell.

—No sigues desconfiat. Anirem a veure la Providència, ella sabrà què és el que ha passat —va dir la Màgia tot somrient.

El Guillem es va espantar. Ella sabia el que havia pensat. Només li faltava això, una xicota que llegia el pensament. De seguida va apartar els ulls del seu cos, no volia que hi haguera malentesos.

—Et deixe en bones mans, jo me n'he d'anar —es va acomiadar el besavi, estrenyent-lo fort entre els seus braços.

—No, no m'abandones... —va suplicar entre plors el Guillem, mentre s'aferrava al seu besavi.

—No patisques, la Màgia et cuidarà, no estàs sol. I no ho oblides mai, t'estime...

Aquestes van ser les últimes paraules del besavi Pere abans de desaparèixer.

El Guillem va quedar desolat, era la segona vegada que li passava, confiava en algú i aquest desapareixia.

—No et preocupes, jo no desapareixeré —el va consolar la Màgia.

—I ara què fem? —va preguntar el xicot amb la veu mig nuada.

—Agafa'm les mans i mira'm als ulls. Deixa't portar, igual que amb el teu besavi.

El Guillem ho va fer, es fa fixar atentament en els ulls blaus com la mar de la Màgia, amb la seua mirada reconfortant. Tot era blanc, i una sensació dolça li va recórrer el cos.

—Ja hi som —va dir la Màgia—. Seu i espera'm aquí fora.

El Guillem estava bocabadat, no podia explicar ben bé on era, semblava un hivernacle, càlid, ple de roses, gessamins, margarides i moltes altres flors immensament belles de les quals no coneixia el nom. I també hi havia una infinitat d'arbres amb fruites, pomeres, presseguers, tarongers, ametllers, castanyers, tots ells amb fruits. Rajava aigua de nombroses fonts, aigua clara i cristal·lina. I una música que no havia sentit mai li afalagava les orelles. Es va asseure en una butaca gran i confortable. La Màgia no va trigar a aparèixer.

—On som? —va preguntar.

—A la casa de la Providència —va respondre la Màgia sense posar-hi gaire interès.

—Acompanya'm, que et vol veure —li va dir mentre l'empenyia cap a dins.

Allà la va veure per primera vegada. Era una senyora gran, de cabells d'argent, tota vestida de blanc, asseguda darrere una taula, també blanca com una tofa de neu.

—Passa, Guillem, t'esperava —el va convidar a entrar amb una veu molt dolça.

El Guillem va reaccionar de seguida.

—Ha estat un error, jo no havia d'agafar aquest metro, però no anava l'abonament, i també, és clar, m'havia d'haver afanyat més, per això no menge mai torrades, la qüestió és que jo no he de ser aquí; per favor, torne'm amb els meus pares —provava d'explicar-se de pressa i molt nerviós, no volia perdre aquesta oportunitat, parlava a borbollades i costava molt d'entendre el que deia.

—No patisques, miraré de solucionar-ho. Ara, no et penses que és tan fàcil —el va intentar tranquil·litzar la Providència.

—Però ja es pot arreglar, oi? Total, ha estat un error insignificant... —al Guillem no li tocava la camisa a la pell.

—No et puc prometre res, jo ho intentaré. Mentrestant, la Màgia cuidarà de tu.

—Jo? Per què jo? A mi m'agrada treballar tota sola, prou que ho saps! —va protestar la Màgia.

—No discutisques. Algú l'ha d'ensenyar en cas que les coses no vagen bé.

—Però som molta gent. Per què jo?

—Ell ha anat a buscar-te. Recorda la primera vegada que vas venir aquí.

La Màgia va acotar el cap i una mirada amarga es va dibuixar en els seus ulls blaus. El Guillem, com a bon observador, no deia res, però en aquell instant va entendre que alguna cosa podia anar malament i que potser no tornaria mai més a casa seua. La Providència se'l va mirar dolçament, i la Màgia li va dedicar un somriure.

—Tens una missió, i corre pressa —va dir la Providència a la Màgia.

—Ell m'hi ha d'acompanyar?

—És clar.

—Però és massa aviat... —va remugar la Màgia, contrariada.

—Jo crec que no. Pren la targeta, només en tinc una, no esperava el nostre convidat, i aquí hi ha totes les instruccions —va dir allargant-li un tros de mirall de la mida d'una targeta de crèdit.

—On anem? Jo vull regressar a casa meua —va suplicar el Guillem, nerviós.

—Tranquil! Quan tornareu, ja et diré alguna cosa. Ara fes tot el que et diga la Màgia —li va ordenar la Providència, i va desaparèixer.

—Ha desaparegut! —va exclamar el Guillem, bocabadat.

La Màgia ni es va immutar. Es mirava el trosset de mirall, la «targeta», tal com havia dit la Providència, en silenci. Va restar així una estona.

—Ens n'anem a Ciutadella —va tallar secament el seu silenci la Màgia.

—A Ciutadella? Això és a Menorca.

—Ja veig que te'n surts molt bé en geografia. Ara veurem en història. El saqueig de Ciutadella...

—Això sembla un examen. Ho sent, la història no és el meu fort, però crec que va passar fa una pila d'anys.

—Exactament el 1558 —es va fer la setciències la Màgia.

—Tu ets boja, els meus records no arriben tan lluny i espere que els teus tampoc —va objectar el Guillem—. No em faria gens de gràcia viatjar amb una mòmia.

—És clar que no, no sigues ridícul, tu segueix les meues instruccions i no et preocupes de res —li va ordenar la Màgia, que ja estava penedida d'anar amb el xicot.

—Que no em preocupe!

—Escolta, no tenim gaire temps. O véns amb mi o et quedes, tu decideixes —va concloure taxativament la Màgia.

El Guillem va fer un silenci molt llarg. Va pensar en les paraules de la Providència, de manera que va fer el cor fort.

—D'acord —va dir resignat.

—Has de mirar fixament aquesta targeta. Hi veuràs unes imatges, deixa-t'hi portar —li va indicar ella mentre li agafava molt fort la mà.

El Guillem va mirar la targeta. Al principi només s'hi reflectia la seua cara. Després, un blau fosc i fresc i una brisa que li omplia el cos, la remor del mar li regalava les orelles, la mar clara i transparent de Menorca, la Mediterrània. Estava molt relaxat i calmat i es va deixar dur. De sobte, canons, fum, crits, escalfor, molta escalfor i els peus a terra. Sense saber com ja era a Ciutadella.

IV

 No es va sorprendre del paisatge, no era la primera guerra que visitava. Tant era que aquesta fóra cinc segles endarrere, totes eren iguals. Sang, por, desesperació, mort. El Guillem estava desolat, tant de temps i les persones no havien après res, continuaven matant-se les unes a les altres.

La Màgia el va observar. Coneixia molt bé aquesta mirada. Ella, després d'haver vist tantes desgràcies, continuava dibuixant-la en el seu rostre.

—Fes-me'n cinc cèntims. Per què hem vingut aquí? —es va interessar tot seriós el Guillem.

—Busquem una persona, en Llorenç Mercadal.

—És mort? —es va precipitar el Guillem amb la veu mig escanyada.

—No. Però aviat ho serà si no ho evitem.

—Semblen pirates! —va exclamar el Guillem en veure acostar-se amb ganivets i espases uns homes estranyament vestits. Instintivament es va amagar.

—Però, què fas? No cal que t'amagues, no et poden veure —va esclatar a riure la Màgia—. Aquests són corsaris turcs, que saquegen Ciutadella.

—Mira-te-la, ella, amb quina tranquil·litat diu les coses! Ho aconseguiran?

—És clar! Hi ha un estol, cent quaranta veles, contra Ciutadella, enfront de set-cents menorquins sense cap ajuda —va dir la Màgia tristament.

—I nosaltres, no els podem ajudar?

—Impossible! Nosaltres no podem canviar la història, només rectifiquem els errors.

Els dos joves van emprendre la cerca d'en Llorenç Mercadal per tot Ciutadella. No era una tasca fàcil, la ciutat estava en guerra, cases cremades i saquejades, i la Màgia semblava una mica despistada entre tot aquell guirigall. El Guillem, per contra, ja s'hi estava acostumant, s'ho mirava tot amb uns ulls com unes taronges i seguia la Màgia com un gosset.

Per fi el van trobar. Era un pescador d'aspecte sa i fort, de cabells negres i rulls i pell fosca i daurada pel sol. Vivia amb els seus pares i el seu germà, en Tomeu, en una casa prou allunyada de la contesa, als afores de la ciutat.

El Guillem i la Màgia van entrar a casa seua sense permís. Tota la família era a taula i tenien una forta discussió.

—*Pare, no em podreu convèncer des contrari. Ara mateix aniré a presentar-me as general Arguimbau. Hem de combatre es corsaris!* —va dir en Llorenç Mercadal tot convençut.

—*Però, què en saps, tu, de ses armes i de ses guerres? Tu ets un pescador, igual que jo, i amb una canya i una xarxa no es vencen es corsaris* —li va rebatre el pare, contrariat.

—*Potser no. Però tancat a casa, sense menjar i amb sa mar plena de veles enemigues, tampoc. En aquestes condicions, sa meva canya només serveix per a sa guerra* —va manifestar en Llorenç, que no estava disposat a canviar d'idea.

—*Sa nostra obligació és quedar-nos amb es pares i defensar ca nostra* —va intercedir el seu germà, en Tomeu.

—*Defensar es nostre poble, aquesta és sa nostra obligació, germanet, i amb ella va inclosa sa nostra família* —el va rectificar en Llorenç, que intentava dur a cavalcador el germà.

—*No discutiu, fills* —els va tallar la mare amb els ulls negats de llàgrimes.

—*No hi ha res a discutir. Jo me'n vaig, amb es vostre consentiment o sense. Tot i que m'agradaria més que fos amb sa vostra benedicció, ja que potser no us tornaré a veure...* —va llançar amargament en Llorenç un ultimàtum.

—*No! No vull enviar cap des meus fills a sa guerra!* —va cridar el pare, enutjat.

—*Obre es ulls, pare! No me'n vaig a sa guerra, ja hi som. No sabem ni tan solament si estam segurs en aquesta casa. Ja han desembarcat. Quant de temps creus que trigaran a trobar-nos?* —va exclamar en Llorenç fora de si.

Era la primera vegada en la seua vida que alçava la veu al pare. Se'n va avergonyir i va abaixar els ulls. Només provava de convèncer-lo. La situació era dura, i no eren moments per a mantenir les formes.

—*És ver. En Llorenç té raó, pare, no podem quedar de mans plegades* —va dir en Tomeu tot convençut per les paraules del germà—. *Jo també hi vaig.*

El pare no va dir res, va acotar el cap i va quedar pensarós. Era com predicar en el desert. Els fills estaven ben decidits a combatre. S'havien convertit en homes de cap a peus, decidits a lluitar. Ell ja no hi podia fer res.

—Va, afanyeu-vos! —els va apressar la Màgia, que sabia que aquella conversa ja s'havia allargat més que no calia.

—Calla que et sentiran! —la va advertir fluixet el Guillem.

—No digues ximpleries!

—*Si és així, jo també hi vaig* —va dir sobtadament el pare, que no volia deixar tots sols els fills.

—*No, pare, tu has de quedar-te amb sa mare. Hi anirem nosaltres, que som joves* —va refusar en Tomeu educadament per no ferir els seus sentiments.

El pare, amb els ulls negats, hi va donar el seu consentiment. La mare, sense dir res, preparava els farcellets per als fills amb el poc de menjar que els quedava. Resignada, trista i impotent, veia com els dos únics fills que havia parit anaven a combatre un setge que ella sabia que ja havien perdut. Els va fer un bes molt dolç, una abraçada molt forta i els va donar la seua benedicció. El seu instint de mare li deia que ja no els tornaria a veure, però els va deixar marxar i fins i tot va intentar dibuixar amb molt d'esforç un petit somriure, perquè els fills pogueren anar-se'n tranquils.

—I ara què fem? —va demanar el Guillem, desorientat.

—Seguir-los! —va ordenar la Màgia estalonant els dos germans.

—*On anam?* —va preguntar sol·lícit en Tomeu.

—*A cercar es general Arguimbau* —va dir en Llorenç secament.

Era de nit, només els il·luminava la lluna, una lluna plena i trista que no gosava mirar el que li passava, a la Terra. Anaven de pressa i molt amb compte, vigilant en cada cantonada. De sobte es va sentir el plor d'un bebè, fort i desconsolat. En Tomeu es va aturar.

—*Què fas?* —va inquirir en Llorenç, que tenia ànsia per allistar-se.

—*És un nin. Sembla que li passa alguna cosa* —es va preocupar en Tomeu.

—Aquest és el senyal! —va cridar la Màgia—. Hem de trobar aquest bebè abans que no el troben ells.

—Quin bebè? On és? —va preguntar el Guillem, despistat, mentre amb prou feines podia seguir la Màgia, que corria pels carrers estrets de Ciutadella.

—*Què li ha de passar? Que deu tenir talent, com tots* —va respondre al germà sense aturar-se.

—*No, Llorenç, jo vaig a cercar-lo, trob que està tot sol* —va replicar en Tomeu mentre parava orella per localitzar-lo.

—*Com l'has de trobar? Aquests carrers són un laberint, es plors poden venir de qualsevol casa* —el va advertir en Llorenç.

—*Em sembla que és per aquí* —va assenyalar en Tomeu, corrent tot just en direcció contrària a aquella en què havien anat el Guillem i la Màgia.

En Llorenç el va seguir de mala gana. En Tomeu mirava a un costat i a l'altre, parava orella i s'aturava, observava i continuava caminant.

El Guillem va mirar endarrere, i va veure com els dos germans s'allunyaven.

—Màgia! Màgia! —va cridar—, en Llorenç i en Tomeu se n'han anat per allà.

La Màgia es va girar contrariada. S'havia equivocat, ara ja no hi havia res a fer.

—Però, em pots explicar què redimonis passa? —va demanar el Guillem.

—Tot té un temps, ja ho saps. Tu hauries d'haver agafat el metro anterior. En Llorenç i en Tomeu haurien d'haver passat abans per aquí, i així no haurien sentit plorar el bebè.

Cada vegada se sentien els plors més a prop, venien d'una casa. En Tomeu s'hi va apropar, les portes eren obertes, l'havien saquejada. Els dos germans no van dubtar a entrar-hi, tot estava de cap per avall. Per fi van trobar el bebè a terra, sota el bressol, embolcallat amb una toqueta, al costat d'una dona que devia ser la mare. La dona era morta, l'havien assassinada. Gairebé a l'instant hi van arribar la Màgia i el Guillem.

—*Quin horror!* —va exclamar en Tomeu mentre agafava el nen en braços.

—*No el podem deixar aquí* —va dir en Llorenç molt amoïnat.

—Què passa? —va preguntar el Guillem a la Màgia, que encara no havia vist la trista imatge.

—No mires! —el va aturar en un intent de protegir-lo de tot aquell espant.

Però era massa tard. El Guillem ja ho havia vist tot i va esclatar a plorar desconsolat. Ja no podia més, estava desbordat, el seu jove cos no podia aguantar tanta dissort.

—Per què no ho has evitat? Per què l'han haguda de matar? És un error? —cridava i interrogava la Màgia buscant respostes.

—No, no és cap error. Jo no puc evitar el que fan els homes, jo només mire d'ajustar el temps —va intentar explicar-se la Màgia, que se'n sentia culpable tot i no tenir-hi res a veure.

—*Què feim amb el nin?* —va preguntar en Tomeu, preocupat per la criatura.

En Llorenç va quedar pensarós. No se'l podien endur, això era impossible, necessitaven alguna persona que el cuidara.

—*Ja ho sé. El portaré a sa nostra mare, ella sabrà què fer-ne* —va resoldre per fi.

—*Però n'Arguimbau se n'anirà* —va objectar en Tomeu.

—*Tu vés-te'n davant i reuneix-te amb es general. Jo vendré de seguida* —va ordenar al germà.

—Què passa ara? —va preguntar el Guillem amb l'ànim una mica més refet.

—Doncs que en Llorenç farà tard.

—Sí, farà tard. Però el nen s'ha salvat. Ara que hi pense, en Llorenç ha canviat la història, oi? —va reflexionar el Guillem—. Perquè, si no, què se n'hauria fet, d'aquest nen?

—No, no ha canviat la història. Només l'ha alterada un poc de temps. Aquest nen, l'hauria trobat d'aquí a unes quantes hores la mare d'en Tomeu i en Llorenç, que venia a buscar els fills.

—Quina casualitat! —va exclamar el Guillem—. Així doncs, no passa res.

—De casualitat, res. Les coses passen perquè han de passar.

—I escolta una cosa. Per què venia a buscar la mare els fills, si ja se n'havia acomiadat? Que s'havien descuidat alguna cosa?

—Fas massa preguntes. Corre que perdrem en Llorenç —el va acuitar la Màgia mentre l'observava de cua d'ull. Encara no havia decidit si li ho explicaria tot.

En Llorenç va entrar corrent a casa seua.

—Mare! Mare!

—Què passa, fill? On és en Tomeu? I què portes a sobre?

—*Un nin.*

—*Un nin?* —es va estranyar, però no va dubtar a agafar-lo entre els seus braços. En aquell instant va sentir la mateixa sensació que quan tenia els seus fills petits; en aquell instant va estimar aquell nen com un fill propi.

—*Quin nin?* —va preguntar el pare, que entrava en aquest moment per la porta.

—*De qui és?* —es va interessar la mare mentre l'acaronava.

—*No ho sé. Sa mare és morta, i ell estava tot sol en una casa saquejada. No parava de plorar, i en Tomeu i jo hem pensat...* —intentava explicar-se en Llorenç.

—*Té gana* —va observar la mare, preocupada per la criatura.

—*No el podíem deixar allà. De segur que tu faràs el que cal* —va continuar en Llorenç.

—*Vés-te'n tranquil, que jo tendré cura d'ell* —va dir la mare sense apartar la mirada del nen, una mirada dolça i trista alhora.

—*Tu, com? Si a penes mos queda menjar per a nosaltres* —va protestar el pare.

—*Teníem dos fills a ca nostra. Ara ja no hi són, se'n van a sa guerra. Aquest nin tenia una mare, ara no hi és, l'han mort a sa guerra. Jo tendré cura des nin, aquesta és sa llei* —va explicar la mare amb una veu forta i contundent. Ningú l'apartaria d'aquesta criatura.

—*Quina llei?* —va preguntar el pare.

—*La llei de ses mares* —va sentenciar sense donar opció a cap rèplica.

Els plors del nen els van treure de la discussió. El pare se'l va quedar mirant. Aquella careta innocent, plena de vida, el va fer pensar-hi, no podia abandonar-lo. No, no era tan dur com semblava, era fort però també compassiu. Com havien canviat les coses! Ell, que no estava acostumat a cedir, era la segona vegada que ho feia en un dia.

—*Porta es nin* —va ordenar el pare agafant-lo entre els seus braços.

Tot d'una, el nen ja no plorava. El pare, orgullós, li va fer una ganyota.

—*Hi ha una mica de llet a sa gelera i unes llesques de pa. Prepara-li unes bones sopes* —va dir somrient a la mare.

—*Això era es nostre sopar.*

—*Tant se val. Ja soparem demà...*

Aleshores, en Llorenç es va atrevir a intervenir.

—Sabia que no em defraudaríeu. Bo, jo me n'he d'anar —es va acomiadar dels pares i va fer un bes al nen.

El Guillem no deia res. Havia quedat embadalit mirant aquella estampa. No, la humanitat no ho havia perdut tot, encara hi havia bona gent.

—Corre, Guillem, que en Llorenç se'n va! —el va frisar la Màgia.

—I ara què farem? Hem arribat tard al senyal?

—No ho sé. Improvisarem sobre la marxa.

Quan va arribar en Llorenç a la casa on havia quedat amb el germà, els ulls no li donaven crèdit. Homes morts, mutilats pertot arreu. Afligit, va buscar en Tomeu. Regirava entre els cossos amb ànsia i por. El germà no podia haver mort. Se sentia culpable d'haver-lo deixat tot sol. Desesperat, el va cridar:

—Tomeu!...

Un crit agut i fort, fet al vent, que ningú va respondre.

El Guillem s'ho mirava tot distant. No sabia ben bé el temps que havia passat des de l'accident del metro. Era com si el rellotge s'haguera aturat o, per contra, tot anara molt de pressa, endavant i endarrere; tant, que era impossible ser-ne conscient. Però eren massa morts, massa tragèdies per a un nen.

—En Tomeu... és mort? —es va atrevir a preguntar tímidament.

—No, l'han fet presoner.

Al Guillem li va canviar la cara ràpidament.

—Aleshores, en Llorenç s'ha salvat. Si no haguera estat pel nen, a ell també l'haurien fet presoner o alguna altra cosa pitjor. És per això que la mare havia de passar per la casa on era el nen, perquè buscava els fills, oi? No, si no és tan difícil, ja no hem de patir —va exclamar el Guillem, que estava en un estrany estat eufòric.

—T'equivoques. Ha fet tard a la cita. Si haguera estat amb el germà, l'haurien fet presoner. Però, tal com ha anat, d'aquí a un moment entrarà un altre escamot de corsaris i no podrem fer res per a evitar el pitjor —va dir amargament la Màgia.

—N'estàs segura? —va preguntar amb la veu glaçada el Guillem, que havia perdut tot rastre d'eufòria.

—No, nosaltres som aquí per evitar-ho. Però és difícil, molt difícil.

—Què és el que hi podem fer?

—De moment, mirar que surta ràpidament d'aquí.

—Com, si no ens hi podem comunicar?

—Veus aquesta finestra? Doncs hem d'aconseguir que es tanque de cop. Si fem soroll, potser s'espantarà i fugirà.

El Guillem va córrer cap a la finestra. Va provar de tancar-la, però la mà la va travessar.

—És impossible! —va objectar contrariat.

—No, no es fa així. Tota la força, tot el teu poder és a la teua ment. Concentra't en la finestra fixament. Fes que tota la teua energia s'hi dirigisca —li va indicar la Màgia mentre ella també es concentrava.

El Guillem ho va intentar. Però la visió dels morts i de la sang el distreien. Per fi, la Màgia ho va aconseguir.

La portada va ser tan forta que en Llorenç es va espantar. Va parar atenció i va sentir unes passes. Eren els corsaris, que venien a rematar la feina. Va reaccionar i va sortir per una altra finestra.

—Ho has aconseguit! —la va felicitar el Guillem molt content.

—No cantes victòria, que encara no s'ha acabat. Corre, hem de seguir-lo! —li va manar la Màgia, que pensava que encara tindrien problemes.

En Llorenç s'esmunyia silenciós pels carrers estrets de Ciutadella. De cop i volta va entreoir un gemec. Es va girar i es va dirigir cap al lloc on l'havia sentit. Va veure un home malferit estirat a terra i va córrer a auxiliar-lo.

—*Amadeu! Què t'ha passat?* —va cridar en reconèixer-lo.

En Llorenç no se'n sabia avenir, el món s'havia tornat boig. El seu amic i veí, un bon home, company de joc de la infantesa, era allí, davant seu, malparat i a les portes de la mort. I ell no podia fer res per posar-hi remei.

N'Amadeu ja sabia que la vida se li escapava. Però encara va tenir ganes d'alegrar-se de veure l'amic. Almenys no moriria tot sol.

—*He vist com es corsaris s'enduien en Tomeu. L'han fet presoner. N'has d'informar es capità Negrete. Han entrat a s'assalt, estan saquejant sa vila, incendiant es arxius i ses esglésies. Jo he tengut sort i m'han ferit de mort. Els qui no n'han tengut tanta, els han fet captius i els han embarcat. He sentit a dir que se'ls volen endur a Constantinoble* —va borbollar n'Amadeu, precipitat i amb un fil de veu.

—*No t'esforcis, que serà pitjor. Vaig a cercar es metge* —va intentar inútilment en Llorenç ajudar l'amic.

—*Corr, corr, Llorenç!* —van ser les últimes paraules de n'Amadeu.

Mentrestant, els corsaris cada vegada hi eren més a prop.

—Màgia, ja són aquí! —va alertar el Guillem en veure'ls tombar la cantonada.

En Llorenç també els va veure i va arrencar a córrer. La tristesa i la ràbia li donaven coratge i el feien encara més ràpid.

—No ens donarà temps. Són massa homes per a en Llorenç —es va plànyer la Màgia, desconsolada.

—Tinc una idea! Concentra't en aquest mur de pedra. Si l'enderroquem, els barrarem el pas! —va exclamar el Guillem, que encara no s'havia donat per vençut.

—No n'estic segura.

—De pressa, Màgia! —la va acuitar el Guillem, mentre dirigia tota la seua energia cap al mur.

I en un tres i no res el mur va caure, va tallar el carrer i el pas als corsaris, que van quedar atònits, sense explicar-se què és el que havia passat.

En Llorenç va poder fugir i va continuar la recerca del capità Negrete. Va sentir veus a la plaça i va parar orella.

—*Ratllen pla. Són amics!* —es va alegrar en sentir parlar català.

Però, en entrar a la plaça, va tenir un bon ensurt. Era plena de gom a gom, hi havia més de dos mil captius, entre ells el seu germà en Tomeu. Va intentar fugir. Però era massa tard, els corsaris havien vorejat el mur i venien estalonant-lo. De seguida el van enxampar i el van fer presoner.

—Noooooo! —va cridar el Guillem, desolat, estirant-se a terra.

En canvi, la Màgia va fer un somriure ben ample.

—No patisques. Hem acomplert molt bé la nostra missió.

—Però si no l'hem salvat, l'han fet presoner!

—Sí, aquest era el seu destí, i no que el mataren. Encara no li havia arribat l'hora.

—I ara què passarà?

—Ja veig que la història no és el teu fort —el va recriminar la Màgia—. Que no n'has sentit a parlar, de l'acta de Constantinoble?

—Doncs crec que no. I si és així, no me'n recorde —va reconèixer el Guillem gratant-se el clatell.

—Mira! Veus aquell home d'allà? —va indicar la Màgia assenyalant un home que era al costat d'en Tomeu—. Doncs és en Pere Quintana, el que aixecarà l'acta en què figurarà la relació dels fets i els noms dels presoners. Posteriorment, el clergue Marc Martí anirà a Constantinoble i aconseguirà el retorn de molts dels captius. Aquest any serà conegut més tard amb el nom de «l'any de sa desgràcia» i es commemorarà anualment tal dia com avui, 9 de juliol.

—T'equivoques, Màgia, som al mes de desembre —la va rectificar el Guillem, que encara se'n recordava, del dia i l'hora que va sortir de casa seua.

—No, Guillem, hem viatjat en el temps. Hem canviat d'any i també de mes.

—En Llorenç i en Tomeu retornaran a casa seua? —va preguntar el Guillem amb por de la resposta.

La Màgia va fer un somriure ample i va assentir amb el cap. Una immensa alegria va omplir el Guillem. Ja feia temps, hores, minuts, o potser anys, que no se sentia d'aquesta manera.

—Ja és hora de marxar. Anirem a veure la Providència —li va dir la Màgia passant-li una mà per l'espatlla.

Entenia perfectament l'estat d'ànim del Guillem. Ella mateixa l'havia sentit al començament; però ara, al cap del temps, un temps sempre relatiu, sentia el gust per la feina ben feta. Tot era al seu lloc. Va treure la targeta de la butxaca i tots dos van tornar amb la Providència.

V

El Guillem va tornar tot satisfet a veure la Providència. Tenia un somriure d'orella a orella. Corregir errors era bufar i fer ampolles. Estava convençut que el seu error ja era cop segur.

—Missió acomplerta! —va exclamar ben cofoi.

La Màgia el guaitava de cua d'ull. No suportava el seu posat autocomplaent.

—Me n'alegre —els va felicitar la Providència.

—I jo, ja puc regressar a casa meua, oi? —va preguntar el Guillem suplicant amb la mirada.

La Providència i la Màgia es van encreuar un esguard còmplice i estrany alhora. Semblava que les coses no anaven com ell es pensava.

—No és tan fàcil. Ja tinc dues persones en el teu cas. Però, sincerament, és difícil i lent. Pensa que són molts els factors que cal tenir en compte —li va explicar la Providència.

Al Guillem li va canviar el semblant. Tota l'alegria que duia va ser foc d'encenalls. Ja havia tornat a la realitat després de l'eufòria del viatge a Menorca. Es trobava com al començament.

—Vols dir que hi ha més gent, a més de la Màgia?

—I doncs, què et pensaves, gamarús, que feia jo tota sola aquesta feinada? —va saltar la Màgia.

—Jo no pense res. De fet no sabia ni que existies. Si no fóra per aquest maleït accident de metro, no t'hauria conegut mai!

A la Màgia li va saber molt greu haver-li parlat així. Estava neguitosa, intranquil·la, preocupada per ell. No era tan dolenta com semblava. Intentava fer un mur gros entre els nouvinguts i ella. No es podia permetre el luxe d'estimar ningú, de posar-hi afecte. Ells, amb sort, tornarien a casa seua, i ella sempre es quedaria allà. Però amb el Guillem era difícil, el seu somriure franc i obert, la seua manera de vestir amb aquella samarreta de bàsquet i una mirada clara que captivava. A més a més, tenia la seua edat i per postres tots dos eren de València. Massa coses per a poder baixar la guàrdia. Va acotar el cap i va emmudir.

—Tinc una altra missió per a vosaltres. Que us agrada l'òpera? —va intercedir la Providència.

—Dona, que vols que et diga... Tota aquella gent amb excés de pes cantant en italià, no és que em faça gaire gràcia... —va començar a dir el Guillem, però de sobte es va adonar que a la Providència tampoc li faltaven quilos i aleshores va canviar el discurs—. No és que jo tinga res en contra de les persones grassonetes; és més, m'agraden i tot, les trobe molt bufones...

—Para de dir ximpleries! —el va interrompre la Màgia—. On hem d'anar?

—Al Liceu de Barcelona —va dir la Providència tot rient. No ho podia evitar, el Guillem li feia molta gràcia—. Pren, aquí teniu les instruccions —i va allargar a la Màgia un d'aquells petits miralls.

Va observar la targeta i va tornar a encreuar una altra mirada estranya amb la Providència.

—Trobes que és convenient que vinga? —li va preguntar, però aquesta vegada no en un to de retret sinó preocupat.

—Dona, això ho has de dir tu —li va respondre la Providència.

El Guillem no deia res. Després d'haver ficat el rem, s'estimava més quedar callat. Només guaitava, com si tot allò no anara amb ell. La Màgia se'l va mirar de bon ull.

—Per què no? És un bon company, m'ha ajudat molt a Ciutadella —va manifestar mentre feia l'ullet al Guillem—. Doncs ja podem afinar els instruments, que no hi ha temps per perdre. Au, anem!

—Acomplirem aquesta missió a punta d'espasa, no te'n penediràs —va assegurar el Guillem, il·lusionat.

—Que tingueu bon viatge —els va desitjar la Providència mentre els acomiadava.

Va quedar pensativa. Estava fent molts esforços perquè el Guillem tornara, però les coses no estaven sortint bé, i li sabia molt greu. Per a ella, tots els errors eren iguals, i tenien el mateix tracte. Però no ho podia evitar, el Guillem era ben especial.

El Guillem ja coneixia el ritual del viatge, ja hi estava acostumat. El que el va sorprendre en arribar a Barcelona és que no hi havia cap tret, ni morts, ni incendis, cap desastre.

—Estàs segura que és aquí? —va preguntar estranyat.

—Doncs sí, per què ho dius?

—Com que no hi ha cap guerra... —va dir el Guillem fluixet, no volia cridar la mala sort, per por que aquesta paraula portara malastruc.

—Els errors no sempre es donen en guerra. Mira el teu cas. Si bé és cert que és a les guerres que n'hi ha més casos.

—Que estranya que trobe Barcelona, sense sorolls, sense trànsit, sense contaminació...

—Ja hi havies estat, aquí?

—Un munt de vegades. Els meus pares m'hi portaven sovint, i també hi solia venir amb l'escola. Tot és tan diferent... del segle vint-i-u, és clar —va somriure el Guillem—. Espere tornar-hi.

Va quedar pensatiu, sense adonar-se que n'havia parlat en passat, dels pares, de l'escola, del seu món. Un món que no sabria dir quant de temps feia que havia deixat, un món al qual desitjava regressar i que cada vegada sentia més lluny.

—Vinga, anem per feina! —es va afanyar a dir la Màgia—. Hem de buscar una violinista que es diu Frederica Casal i viu al barri de Gràcia.

—Doncs ja hi podíem haver aterrat una mica més a prop —es va queixar el Guillem—. Ara haurem de fer una bona caminada.

—Ah, i no vols cansar-te! Que ets ruc! Sembla que tingues un ull de poll al cervell —li va etzibar la Màgia.

—Bo, ja no me'n recordava, que no sóc, vull dir que sóc un... què redimonis sóc!? M'ho pots explicar en comptes d'insultar-me?

—Un fantasma... —va respondre la Màgia mirant-lo de fit a fit amb aire insolent.

—I tu, una creguda, setciències. Ja t'ho havia dit, que no m'insultares. Si vols guerra, en tindràs!

—No, si no t'insultava, criatura malcriada.

—De debò som fantasmes?

—Uns més que altres —va ironitzar ella—. No em diràs que no t'ho pensaves?

—És veritat, ja ho temia.

—Bo, prou xerrameca; si no, no acabarem mai —es va posar en marxa la Màgia.

I en un tres i no res van aparèixer en un àtic del barri de Gràcia. Era un pis molt petit, amb un llit, una taula, dues cadires, un safareig i un fogonet que feia de cuina. Això sí, tenia una finestra molt gran, que donava molta claror a l'estança i des de la qual es veia una bona part de Barcelona.

Assegut a taula hi havia un xicot escrivint notes en una partitura, mentre cantussejava una cançó.

—Aquí no hi ha cap xicota —va dir el Guillem a la Màgia a cau d'orella.

—Ja hi som altra vegada! Vols fer el favor de no acostar-te'm tant! —va cridar la Màgia mentre l'empenyia—. I no faces el ximple, ja saps que no ens poden sentir.

—Que susceptible que ets, perdona'm!

Aleshores es va obrir la porta.

—*Sorpresa!* —va exclamar una xicota alta, amb una rosa a cada galta, i d'ulls verds. Portava un estoig de violí a les mans i tenia la cara més dolça que mai havia vist el Guillem. Així que la va mirar, en va quedar corprès.

—*Frederica!* —es va alegrar el xicot i va córrer a abraçar-la.

—Ja la tens aquí —va dir la Màgia.

Ell no va respondre, no podia apartar la vista de la Frederica.

—Desperta't, que tenim feina! —el va escridassar la Màgia mentre li donava un cop de colze, una mica molesta de la manera com el Guillem es mirava la xicota.

—Que n'ets, de bèstia! Tu sí, que em pots fer mal! —es va queixar mentre es gratava la panxa—. Què vols que faça?

—Estar a l'expectativa!

—Doncs això és el que feia.

—*Que d'hora que has acabat avui les classes, encara no t'esperava* —va dir el xicot, content, a la Frederica.

—*Com que era el meu aniversari, la senyora Casany m'ha donat festa. I, a més a més, m'ha pagat les classes dels seus fills* —va explicar mentre ballava divertida al voltant de la taula amb dos paperets a les mans.

—*Què és això que em mostres?* —va preguntar interessat el xicot.

—Un regal.

—*Però si sóc jo qui t'havia de fer un regal, el que passa és que estic escurat, no tinc un clau.*

—*No et preocupis, Vicenç, aquest regal és per als dos: dues entrades per a l'òpera de Rossini* Guillem Tell*!*

—Què dius ara! Com les has aconseguit, si avui és la nit de la inauguració de la temporada!

—La Núria, una amiga meva, treballa al Liceu. Ja fa dies que me les tenia guardades. No et pensis, ja no queden localitats —va dir tota orgullosa la Frederica.

—Et deuen haver costat una fortuna.

—Ja ho pots ben dir, fa mesos que estalvio —va afirmar la Frederica—. *Ara, són entrades de galliner.*

—Ah, no! Si no són de platea, jo no hi vaig —va fer broma el Vicenç.

—Doncs em buscaré un xicot més ben plantat que m'hi acompanyi —va dir ella seguint-li la broma.

Ell es va acostar a ella i li va fer un bes molt dolç als llavis.

—Vols dir que no és immoral, quedar-nos aquí mirant...? —va assenyalar el Guillem una mica ruboritzat.

—Immoral! Què és el que us ensenyen a escola al segle vint-i-u?

—No parles d'aquesta manera, que em fas por. Sembla com si parlara amb Tutankamon —va dir sincerament el Guillem, el qual no volia ni pensar en l'edat que podia tenir la Màgia i, per això, encara no li ho havia preguntat.

Ella se'n va adonar de seguida, del que pensava i es va afanyar a respondre la pregunta, abans que se li n'acudira una altra de més compromesa.

—No et preocupes, nosaltres som com metges, no passa res!

—I ara què fem, operem o posem una injecció? On és el problema? —va preguntar una mica incòmode el Guillem.

—Doncs, si no ho evitem, la Frederica serà víctima d'un error aquest vespre al Liceu.

—Quina mena d'error?

—No m'ho faces explicar cada vegada, tu ja saps a què em referisc.

—Digues una cosa. Em pots aclarir per què a Ciutadella hem trigat tant a trobar en Llorenç i aquí a Barcelona hem aparegut al pis mateix?

—És ben senzill, tenim molta més informació del segle dinou que del segle setze.

Mentrestant, ignorants del Guillem i de la Màgia, el Vicenç i la Frederica continuaven festejant com dos enamorats. Mai de la vida haurien imaginat que al seu costat hi havia dues persones desconegudes vetllant per ells, intentant salvar la vida de la Frederica.

—Saps què m'hauria encantat? Doncs que ens haguéssim mudat ben mudats, de diumenge! Aleshores t'hauria convidat a sopar a Can Culleretes. Abans, al mercat de les flors, t'hi hauria comprat el ram més bonic i més gran que mai haguessis vist. I, al final de tot, hauríem anat a ballar al Jardí de les Delícies, on t'hauria convidat a una ampolla del millor xampany, i...

—I... què? No t'ha agradat el meu regal? —el va interrompre tota enfadada la Frederica.

—Aleshores t'hauria donat aquest regal —va acabar el Vicenç allargant-li una partitura—. *Per molts anys, estimada!*

—És per a mi!

De seguida va obrir l'estoig del violí, l'en va treure, se'l va acostar dolçament al muscle i va començar a tocar amb energia.

Al Guillem, la melodia li va semblar preciosa, però ella ho era encara més. N'estava segur, se n'havia enamorat. Des que havia fet catorze anys, en tenia molta facilitat.

«No et preocupes, Frederica, jo et salvaré», va pensar el Guillem.

—I jo t'hi ajudaré —va afegir la Màgia, burleta.

—No em digues que llegeixes el pensament! —va exclamar avergonyit el Guillem, que d'altra banda ja ho temia.

—Sí —va reconèixer la Màgia fent un somriure maliciós.

—Doncs això s'avisa! I d'ara endavant tingues la cortesia de no fer comentaris.

—Cortesia? Tu véns del segle vint-i-u o del quinze?

La música es va aturar i va posar fi a la discussió.

—*Bravo! Bravo!* —cridava el Vicenç, emocionat.

La Frederica inclinava el cap graciosament com si fóra dalt d'un escenari.

—*Algun dia interpretaré les teves obres al Liceu* —va dir la Frederica, també emocionada—. *Moltes gràcies, Vicenç, és el millor regal d'aniversari que m'han fet mai.*

Mentre els dos enamorats somiaven desperts, el tercer, el Guillem, s'ho mirava amb una mica d'enveja, perquè no era ell qui tenia entre els braços la Frederica. La Màgia estava cada vegada més preocupada. Sabia que era un cas difícil, i que uns altres ja ho havien intentat i no ho havien aconseguit. Mirava i tornava a mirar la targeta, repassava els fets. Pensava que potser no hi hauria d'haver portat el Guillem, però d'altra banda li calia experiència, per si de cas...

Van seguir el Vicenç i la Frederica fins a les portes del Liceu. L'ambient era plàcid. No hi havia cap indici que hi poguera succeir cap tragèdia.

—Quin és el senyal? —va preguntar impacient el Guillem.

—Tu tranquil, ja t'avisaré.

Hi havia un munt de gent, dones i homes molt elegants vestits per a l'ocasió. Era la nit de la inauguració de la temporada, un acte social i cultural molt important per a Barcelona.

El Guillem només tenia ulls per a la Frederica. No portava joies, ni cap vestit car i aparatós, com en duien la majoria de les dones allí presents. Però estava tan bonica, amb els cabells arreplegats, una brusa blanca de puntes, botonada amb perletes diminutes fins al coll i una faldilla llarga que tot just li tapava els turmells, d'un color verd que li feia joc amb els ulls.

De cop i volta, una dona de veu cridanera, ben engalanada i amb un capell de plomes que gairebé li tapava tota la cara, va treure el Guillem dels seus pensaments.

—*Ni pensar-hi, Filibert! Jo no m'assec a la fila 13. Que no ho veus, que porta malastrugança? Ja pots dir a la noia de la taquilla que et canviï les entrades* —va baladrejar tota alterada.

—*Ja t'he dit, Montserrat, que no queda cap més entrada, ni tan sols per al galliner...* —li deia amb veu engolada i molta paciència un home calb com un pom d'escala, que es tapava el cap amb un barret de copa alta.

—*Doncs jo me'n vaig a casa, el número 13 porta mala sort!* —s'exclamava la dona tota empipada.

—*No diguis bestieses, aquestes localitats són molt bones. He pagat el gust i les ganes per elles. A més a més, avui és la inauguració, tot Barcelona és aquí, no m'ho pots fer, això...* —suplicava l'home de la veu engolada.

La Frederica, que com tots el que eren allà havia sentit la conversa sense més sal ni més oli, hi va intervenir ràpidament.

—*Té raó la seva esposa. Com vol fer-la seure, una dona tan elegant i tan sensible com és evident, a la fila 13? Això és intolerable!*

—*I a vostè qui li mana de ficar-s'hi?* —es va enfadar l'home engolat.

La Frederica ni es va immutar.

—*No siguis groller, aquesta senyoreta és molt amable. És una qüestió de justícia i ella ho ha entès de seguida.*

—*Miri, aquí tinc dues entrades de més; si vol, les hi canvio. Són d'una parella amiga nostra, però sembla que no vindran* —va mentir descaradament la Frederica—. *Però, que en sóc, de ximpleta!, si aquestes localitats són de galliner, i no és lloc per a una senyora de la seva classe... Encara que, ben mirat, entre el galliner i la fila 13...*

En Vicenç no se'n sabia avenir. I el Guillem no entenia res. En canvi, la Màgia estava cada vegada més preocupada.

—Aquest és el senyal —va cridar la Màgia—. Hem d'impedir que li canvie les entrades.

—Tranquil·la, Màgia, cal ser molt babau per a canviar unes entrades de platea per unes de galliner.

—No, Guillem, no ho entens! El senyal és el senyal, concentra totes les teues forces en aquesta dona i fes-la caure a terra.

—Què vols aconseguir? Això no esta bé.

—Fes el que et dic —va dir enfadada la Màgia, que havia optat per una mesura desesperada i gens pensada.

I abans que la dona poguera respondre a la Frederica, sense saber per què, es va veure de bocaterrosa.

—*Què t'ha passat, estimada?* —va exclamar l'home engolat.

—*Ja t'ho he dit, Filibert, que aquestes entrades porten mala sort! —va dir tota irritada la dona—. Prefereixo seure mil vegades amb la gent de classe baixa que a la fila 13. Vinga, senyoreta, les hi canvio.*

—*Però, estimada, això és intolerable, no ho podem fer...* —es feia creus l'home de la veu engolada.

—*Serà tota una experiència* —va respondre decidida la dona.

No li ho va haver de dir dues vegades. La Frederica li les va canviar ràpidament, va arrossegar el Vicenç i van entrar cap a dins del Liceu més aviat que la vista. Abans que la Màgia poguera fer-hi res, ja eren tots dos asseguts a la platea.

—*Ets fantàstica! Encara no sé com ho has fet!* —va felicitar el Vicenç a la Frederica.

El Guillem s'ho mirava tot, estava meravellat amb el Liceu. Va comptar fins a cinc pisos. Era enorme, grandiós, bellíssim.

—He ficat el rem, ha estat culpa meua —es va lamentar la Màgia tota abatuda.

—No t'entenc. Me'n vols posar al corrent? Què redimonis passa? —va preguntar el Guillem.

—Som al Liceu de Barcelona, i avui és 7 de novembre de 1893... —va començar a explicar la Màgia en veu baixa.

—Quina canya! Ara som al segle dinou. Dos viatges més i arribarem al vint-i-u, el meu. A veure si s'arreglen les coses.

—No, Guillem, les coses no van així.

—Ah, no? I com van?

—Bo, tal com et deia, avui mateix l'anarquista Santiago Salvador tirarà dues bombes en aquest teatre, tot just a la fila número 13, i la Frederica morirà.

—No! Això no pot ser, hem d'evitar-ho! —va exclamar el Guillem, que duia la Frederica al palmell de la mà.

De sobte, els llums es van apagar i va començar el primer acte. L'acústica era excel·lent. El Vicenç es va emocionar, mai de la vida s'hauria imaginat estar assegut a la platea del Liceu de Barcelona amb la Frederica, ni en el millor dels seus somnis. Subtilment li va allargar la mà i ella li la va agafar ben fort. També estava molt emocionada.

La Màgia no parava de bellugar-se, s'escalfava el cap. Havia d'idear alguna cosa per fer-los marxar abans que acabara el primer acte. Però, com podia fer que sortiren del Liceu? Ella sabia del cert que en cap cas el Vicenç i la Frederica es mourien d'aquelles butaques per res del món: era el seu somni fet realitat.

Va pensar a concentrar-se i trencar la butaca de la Frederica, però això faria que tots els de la fila 13 es mogueren; i no, no podia canviar la història, tot i que estava ben temptada de fer-ho.

De cop i volta es va acabar el primer acte. La Màgia tremolava com la fulla a l'arbre. El Guillem no l'havia vista mai tan neguitosa.

La Frederica i el Vicenç aplaudien d'allò més. El temps corria de pressa i ningú el podia aturar. El temps, el gran aliat i, alhora, enemic de la Màgia. Ella, que es movia en un segon pla, un pla paral·lel al transcórrer del temps, no podia evitar que

l'afectara en la seua feina, en les seues missions. No podia aturar la màgia del temps.

Tot d'una, el Guillem va veure un home esquitllar-se silenciosament entre el públic.

—És ell? —va preguntar.

La Màgia va quedar clavada, bloquejada. El Guillem va veure com portava les dues bombes a les mans.

Mentrestant, el Vicenç i la Frederica no apartaven els ulls de l'escenari, ignorants dels esdeveniments que estaven a punt de passar.

El Guillem es va concentrar en les dues bombes. O les feia esclatar allà mateix on era el Santiago Salvador, lluny de la Frederica, o en el millor dels casos les espatllava i ja no hi hauria morts, ni ferits, ni desgràcies.

—No! No ho faces! No es pot canviar la història! —el va advertir la Màgia.

Però al Guillem tant li feia canviar la historia, només volia salvar la Frederica, i de passada salvaria tota la gent. I què hi feia si canviava la història? N'escriuria una de nova, al capdavall no li havia agradat res de la història que havia conegut fins ara. I, si no, només serien errors, però a l'inrevés, aquesta vegada no moriria ningú. De manera que va concentrar totes les forces en les dues bombes, havia de desbaratar-les. Sabia que ho podia fer. La Màgia li havia dit que a la ment tenia tot el seu poder, i ara el faria servir. En una sí, que ho va aconseguir, però en l'altra no. La Màgia el va fer caure a terra al mateix temps que esclatava la segona bomba a la fila número 13 de la platea del Liceu. Fum, crits, vint morts i molts ferits, tot era confusió mentre el culpable s'escolava entre la gent i aconseguia fugir.

El Guillem va córrer vora la Frederica, però la Màgia el va aturar i el va obligar a tornar de seguida amb la Providència. Plorava desconsolat, mentre darrere seu deixava el Vicenç malferit i la Frederica desconcertada, fora del seu cos.

—L'hem d'ajudar! —va cridar el Guillem.

—No, és un error, ja no és feina nostra, uns altres se n'ocuparan.

I van marxar de pressa sense mirar endarrere. La missió havia acabat i aquesta vegada havia estat un fracàs. A la Màgia no era la primera vegada que li passava. Encara que en totes havia tingut la mateixa sensació d'impotència, amb el temps o, més ben dit, amb l'experiència havia après a superar-ho. En canvi, el Guillem no ho podia pair, se sentia l'únic culpable de tot el que s'havia esdevingut.

VI

La Providència es va fer esperar. El Guillem restava mut. Un silenci aclaparador va omplir tota l'estança. Havia tancat amb pany i clau fins i tot els seus pensaments a fi que la Màgia no els poguera llegir.

—Però es pot saber què t'ha agafat? Que t'has begut l'enteniment? Per què ho has fet, això? Ho has espatllat tot! I era la seua última oportunitat! —va cridar sobtadament la Màgia.

—Què vols dir amb això de «la seua última oportunitat»?

—Parle massa.

—Ja ho sé! Quan no vols respondre, sempre fas l'orni. Però ara és diferent, no em deixaré engalipar, vull una resposta.

—Això està molt bé, el senyor fica la pota i ara s'empipa...! —va exclamar la Màgia, que intentava, tal com havia dit abans el Guillem, evadir la resposta fóra com fóra.

—Mira, no em pintes la cigonya, que ja veig per on vas. Per què és la seua última oportunitat? —va repetir tot seriós el Guillem, que ja estava a punt de perdre els estreps.

La Màgia va emmudir. Tenia por de parlar-li tement que li donaria un perboc, el veia molt enutjat.

De sobte va aparèixer la Providència.

—Només intentem corregir els errors tres vegades, i aquesta era la tercera per a la Frederica —li va respondre ella la pregunta.

—I ha estat culpa meua! —va reconèixer abatut el Guillem. Ara sí, que havia tocat fons, un fons ben negre del qual ja no volia sortir.

—No, no ha estat culpa teua. Era un error de bon començament, no ho hem pogut evitar, ni jo, ni la Màgia, ni les altres persones que ho havien intentat abans —va provar de confortar-lo la Providència—. I ara, si em disculpeu, tinc una mica de feina, m'he d'ocupar de la Frederica. D'aquí a una estona seré amb vosaltres.

I abans d'acabar la frase ja havia desaparegut.

El Guillem passejava amunt i avall. Estava desesperat. No entenia res. Només volia tornar a casa seua. No volia anar a més guerres, ni veure més misèries. Era un nen, tenia catorze anys i necessitava estar segur de les coses, coses tan senzilles i que abans no apreciava, com ara saber si és dilluns o dimecres, si és març o gener, si és primavera o hivern, i a quin any exacte es trobava. Anar a dormir al seu llit i que el sol surta al matí i la lluna a la nit.

Es va asseure i va amagar el cap entre les cames. Els seus llargs cabells li tapaven la cara i amb els ulls clavats a terra va repetir els seus pensaments en veu alta.

—Per què ets aquí? Qui ets? Quin nom és aquest de Màgia? Tu també ets un error, oi? Quan tornaràs a casa teua? O és que ja has esgotat totes les possibilitats? —va preguntar amb una mirada freda que esgarrifava.

Totes aquestes preguntes que el Guillem metrallava, a la Màgia se li clavaven al cor una a una, i li feien mal, molt de mal. Però aquestes eren les preguntes del milió, i ella pensava que encara no era el moment de les respostes, de manera que va fer el cor fort i se'n va anar d'una carta.

—Aquesta samarreta és del Michael Jordan —va dir sobtadament, com si les paraules del Guillem no l'hagueren afectada gens—. Com és que la portes? A la teua època ja s'havia retirat.

El Guillem no tenia ganes de respondre, però li sabia greu com havia tractat la seua amiga. Sí, la seua amiga. No sabia el temps que la coneixia,

però sentia un gran afecte per ella, o potser més que afecte, de manera que com que el Jordan era el seu ídol, va fer una excepció i va respondre.

—Perquè, per a mi, és el millor de tots els temps, sempre ho serà.

—Jo el conec.

—Sí, dona! Ara em vendràs un sopar de duro —va exclamar el Guillem fent uns ulls com unes taronges.

La Màgia ho havia aconseguit. Per uns instants el Guillem no pensava en ell mateix.

—Tu què et creies, que només a gent com ara tu i jo li passen aquestes coses! Els trastorns i els errors en el temps no en saben, de gent famosa.

—Però si va néixer a Brooklyn, què m'expliques ara?

—Suposava que ja te n'havies adonat, que aquí l'espai i el temps són molt relatius.

—De veritat el coneixes, el Michael Jordan? I què li va passar? Fes-me'n cinc cèntims.

—Doncs va ser un cas senzill. Ell i un amic seu eren a la platja nedant, aleshores un corrent els va arrossegar mar endins. Gràcies a la meua ràpida intervenció es va salvar, i a la primera!

—I l'amic?

—Ell no era cap error.

—És clar, no era cap error! No sé com pots ser tan freda, sembles feta de gel!

—No, no sóc freda, sóc realista. I sembla mentida que tu encara no t'hages assabentat de com van les coses.

—Potser no sóc tan intel·ligent com tu. O potser no accepte tan tranquil·lament les coses. Sóc un inconformista, un rebel! Sempre he pensat que tot es pot canviar. N'estic fart, de la teua realitat, que no és la meua, ni la de cap persona que jo conega! —la va escridassar el Guillem fora de si—. Fa un instant, o algunes hores, o alguns segles, no ho sé!, hem vist un munt de gent morint, amb problemes, sofrint, i tu ets aquí asseguda com si res! Qui ets? En realitat existeixes?

El Guillem havia estat molt dur amb la Màgia. Havia rebentat el bot. Ella no li va tornar la pilota, va callar, i es va refugiar en ella mateixa, com feia sempre.

—Què passa aquí? —els va interrompre la Providència.

—No res —va respondre la Màgia eixugant-se les llàgrimes.

El Guillem no deia res. Estava ben penedit de tot el reguitzell d'invectives que havia etzibat a la Màgia. Era la primera vegada que la veia plorar i havia estat culpa d'ell. Però el que està dit ja està dit, i ara no podia esborrar les seues paraules.

—Seré franca amb tu, Guillem. Ja ho saps, això de les tres oportunitats... Doncs amb tu ja ho hem intentat dues vegades. Tan sols me'n queda una i vull enviar-te la millor persona que tinc, la Màgia —va dir la Providència sense embussos.

El Guillem va emmudir.

—Hi aniré encantada, tot sortirà bé, no patisques, Guillem —va intentar infondre-li ànims la Màgia.

Ell se la va mirar. Era molt bonica, la pell fosca, els cabells llargs i aquells ulls blaus que tanta confiança li havien donat. Sabia que li llegia el pensament, de manera que no li feia falta excusar-se del seu comportament, el seu cor parlava per ell.

—Val més que ho faces bé; si no, m'hauràs d'aguantar una eternitat.

—No seria mala idea! —va seguir ella la broma i li va fer una abraçada.

—Sé que ets la millor, però si no et surt bé, tranquil·la, ho suportaré, no et turmentes —li va dir de tot cor el Guillem.

La Màgia va girar cua, i quan semblava que anava a desaparèixer sense dir res, va tornar i li va fer un bes molt dolç als llavis.

—Això per si de cas no ens tornem a veure —li va dir i va desaparèixer.

El Guillem va quedar bocabadat. Definitivament estava enamorat de la Màgia.

—Val més que et despertes, Romeu! —va exclamar la Providència tota somrient.

—I ara què faig?

—No res, esperar.

El Guillem anava amunt i avall, toquejant la fruita i les flors. De tant en tant es mullava la cara en alguna font o s'asseia a escoltar música. Però l'espera era interminable.

—Vols que canvie la música? Tinc una sorpresa per a tu —li va dir la Providència.

—Quina sorpresa?

I van començar a sonar les cançons de Brams. D'entrada li va fer molta il·lusió, però de seguida es va posar ben trist.

—Val més que tregues la música, no la vull sentir.

—Ho sent, em pensava que et feia il·lusió...

—Sí, però em porta massa records.

—Ja ho entenc —va dir la Providència mentre canviava la música.

—Què és el que li va passar, a la Màgia? Per què és aquí? —per fi li van sortir les paraules de la boca, tot i que ja feia estona que les tenia al cap i que la Providència ho sabia.

—De debò ho vols saber?

—És clar.

—Doncs a la Màgia se li van esgotar les tres oportunitats.

—Això ja m'ho imaginava. Però, per què tres oportunitats? Qui ha posat aquesta norma tan estúpida?

—Jo mateixa. Són més errors que persones solucionant-los, aleshores havia de tenir un límit, i vaig comprovar estadísticament que l'error que no s'esmenava a la tercera vegada, normalment,

per més que ho intentaren, ja no se solucionava. De manera que vaig decidir no donar més que tres oportunitats, per poder arribar a tots els errors.

—Aleshores, encara es podria reparar l'error de la Màgia?

—Seria molt difícil. A més a més no solc trencar les meues regles.

—Sembla mentida que cregues en les estadístiques. Que tu no saps això que en un poble l'estadística diu que tots es mengen mig pollastre cada dia, però el que passa en realitat és que la meitat se'n menja un de sencer i l'altra meitat passa gana perquè no se'n menja cap?

—Ja ho veig, que ets molt llest. Però, com solucionem el problema de la gent? Qui anirà a solucionar el cas de la Màgia?

—Tens la persona escaient davant el nas. Sóc aquí amb tu sense fer res. Si m'hi enviares a mi, no trencaries la teua norma.

—Tu no tens prou experiència.

—Doncs a Ciutadella no em va anar tan malament, i això que era la primera vegada...

—Sí, però al Liceu va ser un desastre.

—Això ha estat un cop baix.

—Tens raó. No et penses, a mi m'agradaria tant o més que a tu que la Màgia tornara a casa seua —va dubtar per un instant la Providència.

—Aleshores, no hi tens res a perdre. Les normes estan fetes per a trencar-les. A més a més, tu ja ho saps: tot és relatiu, aquí. I et promet que no canviaré la historia —va llençar l'última bateria d'arguments el Guillem.

—Ja veig que ets un xicot molt convincent —li va dir la Providència—. D'acord, aquí tens la targeta. Però has de saber que t'embarques en barca de canya i que no tens gaires probabilitats de sortir-te'n. Després no vull que em vingues amb plors, ni demanant-me una altra oportunitat. I una cosa més! Vull la teua paraula que si no hi reïxes, tornaràs de seguida, i que passe el que passe no canviaràs la història.

—És clar! Tens la meua paraula i el meu pensament —va dir tot eufòric el Guillem mentre agafava la targeta.

Va desaparèixer tan de pressa com va poder per por que la Providència s'ho repensara.

La Providència va quedar molt preocupada. No sabia si s'havia deixat aixecar la camisa per aquell marrec de cabells llargs, vestimenta estrafolària i mirada encantadora, o si, de veritat, el Guillem tenia raó i calia donar una altra oportunitat a la Màgia. Ella se l'havia guanyada amb escreix. De manera que va tornar a la seua feina, vigilar de ben prop el Guillem, per si de cas...

VII

El Guillem, gràcies a l'ajut de la Providència, va aparèixer tot just al menjador de ca la Màgia. De seguida la va veure, arrepapada al sofà mirant la televisió. Estava més bonica que mai, encara que distinta. Portava els cabells arreplegats, la seua pell semblava més fosca i els seus ulls eren més blaus i més intensos. Tenia la mirada més viva que ell mai havia vist. La seua bellesa era insòlita, els seus ulls contrastaven amb la seua pell. Va pensar que era la xicota més guapa del món. I un calfred li va recórrer el cos. Era estrany, des que havia tingut l'accident no havia sentit mai aquesta sensació. Es va asseure al seu costat. Li semblava increïble que ella no el poguera veure. De manera que va decidir fer-li la guitza una estona.

—Hola, Màgia! Que em sents? —li va cridar fort a cau d'orella. Era conscient que era una de les coses que l'empipaven més.

Però ella ni es va immutar. El Guillem va riure a gust, recordant les vegades que ella l'havia renyat per acostar-se-li massa, o per dir-li les coses a cau d'orella.

—Ei, Màgia! No t'agradaria prendre una bona dutxa? Per mi no patisques, jo sóc com un metge —va continuar fent folga.

De sobte, la televisió va interrompre la programació per emetre un avanç informatiu. Comunicava l'alerta màxima per algunes comarques, entre elles la Ribera Alta, on es trobava la ciutat d'Alzira, tot just on eren ara mateix. Ella es va aixecar d'un bot del sofà i va anar corrent a avisar els pares.

—Mare! Pare! Som en l'alerta màxima!

—Quina novetat! I ens avisen ara per la televisió? No, si ja es veu com plou. L'oncle Emili, el Guatlla, bé ens va advertir ja fa una setmana del que passaria. Podrien contractar-lo d'home del temps —va fer broma el pare, mentre col·locava fustes a les portes perquè no entrara l'aigua.

Cal dir que en aquesta comarca del País Valencià i, en concret, a Alzira ja estaven habituats que l'aigua entrara a les cases. De fet ja havien sofert unes quantes riuades. El que no podien imaginar, però, és que no solament hagueren de témer la crescuda del riu Xúquer a conseqüència de l'aiguat, sinó que a més a més la presa de Tous s'ensorrara aquell mateix dia, 20 d'octubre de 1982. La progressiva erosió i ruptura de la paret central provocaria la inundació de tota la vall i l'evacuació forçosa de les poblacions situades en el seu curs.

—*Pare, el Samaruc és a la caseta, corre a buscar-lo!* —li va demanar la Màgia.

Samaruc era el seu gos. Vivia en una caseta de camp a l'horta, entre tarongers, a pocs minuts d'Alzira.

—*Ho sent, Aitana, amb aquest aiguat és molt perillós agafar el cotxe. No patisques, és un gos llest i se'n sortirà* —la va tranquil·litzar el pare.

Aitana, així era com es deia en realitat la Màgia, va decidir canviar de nom quan es va assabentar que mai tornaria a casa seua. No volia res que la lligara al seu món anterior i encara menys el nom d'aquesta emblemàtica serra. En aquell instant, el Guillem va pensar que si les coses anaven malament, també ell es canviaria el nom, es faria dir Jordan en honor del seu ídol.

—Pare, per favor, si vas a poquet a poquet, ho aconseguiràs. No em perdonaria mai que al Samaruc li passara alguna cosa —va suplicar la Màgia.

—No hi insistisques, filla. Aquí encara tenim molta feina, hem de fermar les portes i posar en lloc segur totes les coses de valor.

—Aitana, puja la màquina de cosir! —li va ordenar la mare des del pis de dalt.

—La màquina de cosir, això és un objecte de valor? Si ningú d'aquesta casa la fa servir. Sempre hi anem amunt i avall —va protestar la Màgia.

—On és la moto? —va preguntar la mare, que ja era a baix, mentre agafava l'equip de música.

—A fora —va respondre la Màgia.

—Val més que l'entres a la casa. Ah!, i no t'oblides de pujar totes les llanternes i espelmes que trobes.

—Aquí dins vols la moto? —es va sorprendre la Màgia.

—Sí, ja m'has sentit —va dir la mare mentre anava tota atrafegada amb un munt de bosses.

—Mare! Mare! El Samaruc! L'hem d'anar a buscar! Vinga, anem tu i jo amb el cotxe!

—Prou d'aquest color, Aitana! Saps que no pot ser, de manera que no et preocupes més, se'n sortirà. I fes

el que et mane, el temps empitjora cada vegada més. Entra la moto, per favor.

La Màgia va sortir a fora per agafar la moto. Plovia a bots i barrals. I de sobte se li va acudir una gran idea, aniria ella mateixa a buscar el Samaruc. No entenia per què no ho podia fer, els pares estaven molt ocupats. Què hi havia de més valor que el Samaruc? Només serien uns quants minuts, de manera que es va posar el casc i va engegar la moto.

—Que ets tossuda! —li va dir el Guillem, sense que ella el sentira, és clar.

No serviria de res espatllar la moto. El Guillem ja havia vist a la targeta com una altra persona ho havia intentat abans que ell; aleshores, la Màgia havia agafat la bicicleta, i l'error havia estat el mateix. Així doncs, va provar de pensar com la Màgia, la Providència havia dit que era la millor, i ell bé prou que ho havia comprovat.

—Espera el senyal, espera el senyal —recordava les seues paraules.

De manera que va muntar darrere d'ella a la moto i va decidir esperar.

Anaven molt lentament. La Màgia no hi veia gens, i es va haver de treure el casc. Anava tota xopa. El Guillem, en canvi, la pluja no l'afectava. Va trigar més del que ella es pensava a sortir de la ciutat. Una vegada a fora va agafar una carretera veïnal, paral·lela a l'autopista, que anava a parar tot just davant la caseta.

—De pressa, Màgia, dóna gas a la moto —l'afanyava el Guillem.

Quan el Samaruc va sentir la moto, es va posar a lladrar molt content. Estava segur que era la seua ama que anava a buscar-lo.

—*Samaruc, Samaruc, vine aquí, preciós.*

—Vinga, que no tenim temps per a sentimentalismes —l'apressava el Guillem, sense que ella se n'assabentara.

Ara el problema era pujar el Samaruc a la moto. A la petita cistella que tenia al davant no cabia. Per més que ho intentava la Màgia, no hi havia manera, les potes del gos sortien per tots els costats, així que se'l va col·locar a la falda. Amb una mà el subjectava i amb l'altra conduïa la moto.

—Sí, dona! Tu fes-ho més difícil encara! —va exclamar el Guillem.

La Màgia anava molt a poc a poc. La pluja era cada vegada més intensa. Una cortina d'aigua espessa li impedia veure el camí. De sobte, alguna cosa la va fer trontollar i la va fer caure a terra. Encara com anava molt lentament i no va prendre mal. El Samaruc es va espantar tant, que va arrencar a córrer i es va perdre en el camp, entre els tarongers.

—Aquest és el senyal! —va exclamar el Guillem.

Sí, aquest era el senyal. Si no fóra pel clot i perquè el Samaruc s'havia escapat, la Màgia hauria arribat, amb dificultats això sí, sana i estàlvia a casa seua. Ara s'entretindria a buscar el Samaruc. La presa es trencaria i provocaria una gran onada. L'autopista faria de mur de contenció i la Màgia moriria ofegada.

—*Torna, Samaruc, torna!* —cridava la Màgia, desesperada, com si endevinara el seu final.

El Guillem va arrencar a córrer darrere el gos. Per a ell, la pluja no era cap problema. Però quan va aconseguir el gos, no hi havia manera d'agafar-lo. Les mans del Guillem el travessaven sense poder-lo tocar, i el gos continuava corrent i corrent. La Màgia ja feia estona que els havia perdut.

—Maleït gos! Vine cap aquí, Samaruc! —el va cridar el Guillem en un intent desesperat.

I, sorprenentment, el gos es va aturar, es va girar i va anar cap al Guillem amb el cap cot i la cua entre les cames.

—Bon xicot! —el va felicitar el Guillem.

El gos semblava com si el sentira, fins i tot semblava com si el veiera. Per fi va aparèixer la Màgia.

—*Samaruc, no t'espantes. Va, tornem cap a casa que aquest temps no m'agrada gens* —va dir la Màgia mentre l'agafava en braços i anava cap a la moto.

—Ja no et queda temps! —va exclamar el Guillem.

Sabia que era inútil, havien esgotat el temps i la gran onada se'ls acostava ràpidament. El Guillem mirava cap a tots els costats desesperat, però l'única cosa que veia era l'autopista.

—T'he fallat, amiga... —va reconèixer molt trist alçant els ulls cap al cel negre.

I tot d'una va veure-hi clar, un pont per a vianants que travessava l'autopista. Era l'única oportunitat per a la Màgia. Però, com podia fer que el creuara? L'onada encara era lluny i ella no s'havia adonat de res.

JORDAN
23

—Bub-bub —va lladrar el gos.

—Samaruc, m'has d'ajudar! Corre, corre, segueix-me! —cridava el Guillem al gos mentre pujava l'escala del pont.

El gos el va obeir i va arrencar a córrer darrere seu.

—*No, no t'escapes altra vegada! Per favor, torna,*

Samaruc! —suplicava la Màgia mentre corria darrere el gos.

El Guillem havia aconseguit el seu propòsit, la Màgia havia travessat l'autopista. Però el perill encara hi era; l'autopista faria de mur de contenció de la gran onada, però l'altra banda també quedaria inundada, encara que l'aigua hi tindria menys força. Havia de buscar un recer. Va veure una casa al lluny. Era una casa gran amb dos pisos i terrat.

«La sort ens acompanya», va pensar el Guillem.

—Corre, corre, Samaruc! —cridava el gos, i aquest el seguia sense parar.

—*Espera! Samaruc, on vas? Hem de tornar a casa nostra* —intentava aturar-lo la Màgia.

De sobte es va sentir un fort baluern, semblava un tro molt gros. La Màgia es va girar i va veure com se li acostava molt ràpidament una gran tromba d'aigua.

—*La moto!* —va exclamar, i per un instant va estar temptada de tornar a agafar-la.

—Corre, Màgia, corre! —li suplicava el Guillem inútilment.

—Bub-bub! —el va imitar el Samaruc.

La Màgia va reaccionar davant els lladrucs del gos i va arrencar a córrer darrere seu.

A la casa no hi havia ningú i les portes eren tancades.

«El poder és a la teua ment», va recordar el Guillem les paraules de la Màgia.

Es va concentrar molt profundament i les va obrir de seguida. El gos va entrar a la casa seguit de la Màgia, i mentre s'enfilaven escales amunt cap al terrat, van sentir un espetec esgarrifós, que semblava la fi del món. L'onada havia topat contra l'autopista, l'havia arrasada, i ara seguia avançant, no tan forta però continuava endavant. Era la força de la natura i semblava que res la podria aturar.

—Amunt, Samaruc, amunt! —cridava el Guillem al gos.

Per fi tots tres eren dalt del terrat.

«Som en un lloc molt alt. Espere que l'aigua no arribarà fins aquí», va pensar el Guillem.

La Màgia abraçava el Samaruc. Tots dos estaven xops fins al moll de l'os. Ella tremolava com la fulla a l'arbre, no sabia si de por o de fred.

L'aigua continuava pujant. El Samaruc no parava de lladrar al Guillem, demanant-li que fera alguna cosa. La Màgia estava espantada, començava a adonar-se de la magnitud de la tragèdia. El Guillem es mirava l'aigua fixament.

—No arribarà fins aquí, tranquil·la, Màgia, que no hi arribarà l'aigua —li deia el Guillem, expressant més un desig que una realitat que semblava impossible.

—*No arribarà fins aquí, tranquil, Samaruc, que no hi arribarà l'aigua* —va repetir sorprenentment la Màgia les seues paraules.

—Que em sents, Màgia?

—Bub-bub.

El Samaruc era l'únic que va respondre. Ara les aigües estaven més calmades. Tot i que no havien parat de pujar, ho feien més lentament i a més a més ja no plovia.

—I el pare i la mare? Què se'n deu haver fet? I què deu haver passat a Alzira? —va exclamar entre sanglots la Màgia.

—No et preocupes, tots dos estan sans i estalvis —li va respondre el Guillem.

La Màgia va parar de plorar en sec. Era ben estrany, però semblava que d'alguna manera es comunicaven.

El Guillem va sentir que ja era l'hora de marxar. Havia acomplert la missió i n'estava ben satisfet.

—Adéu, Màgia! Espere que no ens tornarem a veure —va dir mentre li feia un bes molt dolç als llavis.

Ella, instintivament, es va portar la mà a la boca.

—Adéu, Samaruc, fes bondat i cuida'm l'ama.

—Bub-bub —aquest li va respondre a la seua manera.

El Guillem va desaparèixer.

—Per què lladres, Samaruc? —va preguntar estranyada la Màgia.

Va parar orella. Va sentir un soroll, el brunzit d'unes hèlices. Al lluny va veure com s'apropava un helicòpter de rescat.

—*Som aquí! Som aquí!* —va cridar la Màgia incorporant-se i fent senyals amb les mans.

El Samaruc també hi col·laborava lladrant tan fort com sabia. L'helicòpter va respondre als senyals.

—*M'has salvat la vida, gosset* —va dir la Màgia al Samaruc, entre llàgrimes i omplint-lo de petons.

En uns quants minuts, la Màgia i el Samaruc van ser rescatats, i al cap de poc l'Aitana es va retrobar per sempre amb els seus pares. L'error havia estat esmenat, la Màgia ja no existia, en aquest temps no havia existit mai. Aquesta era la màgia del temps.

VIII

Feia un matí gris. Era un d'aquests dies d'hivern en què el sol no vol matinar, els núvols, a poc a poc, es fan els amos del cel, suaument i sense presses, fins que el sostre del món sembla una capa compacta, inescrutable, que el sol mandrós no pot ni té ganes de travessar.

Un despertador sonava més fort que mai, insistentment, semblava que ningú el sentira. Una tassa de llet es trobava sola damunt la taula de la cuina entre les restes de dos desdejunis. Lluitava per conservar-se calentona, apetitosa i fumejant com estava a penes feia uns minuts. Les torrades ja havien desistit i dormien damunt el plat, fredes i toves.

Ignorant de tots aquests esdeveniments, en una habitació fosca i confortable, envoltat de flassades, dormia plàcidament el Guillem. El pare el va cridar per enèsima vegada des del menjador. El trepig sec d'uns talons va anar acostant-se ràpidament cap a la seua cambra cuirassada. Era la mare, que va tustar fort a la porta.

—Faràs tard! Vols llevar-te d'una vegada!

El Guillem va provar d'obrir els ulls; però, per més que ho va intentar, no va poder. De manera que va fer un ronc gutural que, traduït al llenguatge dels humans, significava:

—Ja va!

La mare va obrir la porta, va descórrer les cortines i va alçar la persiana. No hi havia prou claror per a despertar el tocatardà del Guillem, així que va prendre una mesura dràstica i va encendre el llum.

—Què fas? Apaga'l, per favor! —va suplicar el Guillem amagant-se sota el capçal.

—Vinga, aixeca't de pressa i dutxa't.

—Sí, sí, ja va... —va repetir la frase del dia el Guillem.

—Ja va, no! Immediatament! Si no vols que et dutxe jo mateixa...

El Guillem se la va mirar de fit a fit. Sabia que n'era ben capaç, d'arrossegar-lo cap a la dutxa i fregar-lo amb l'esponja, com quan era petit. Es va recordar com li gratava les orelles, i un calfred li va recórrer l'espinada. Va fer un bot del llit i se'n va anar corrent cap a la dutxa.

Ara era el pare qui trucava a la porta del bany.

—Si no t'afanyes, arribaràs als anissos!

—Ja hi som altra vegada —va dir la mare al pare mentre agafava el seu maletí—. Avui tinc molta pressa, vaig a una reunió molt important. Vols encarregar-te tu que el Guillem no faça tard?

—Quin remei! No patisques, vés-te'n tranquil·la —va respondre el pare mentre continuava donant cops a la porta del bany.

—Guillem, rei, me'n vaig. Ja ens veurem al vespre! Fes bondat! —es va acomiadar la mare.

De sobte, l'aigua va parar de rajar i la porta es va obrir de cop.

—Què redimonis passa? —es va sorprendre el Guillem.

La mare va entrar.

—Me'n vaig, fill. No t'entretingues, que faràs tard —li va dir la mare obrint la mampara del bany.

—Es pot saber què fas? Per què hi has entrat!? —cridava el Guillem, mentre amb l'esponja es tapava la titola.

—La porta s'ha obert, he pensat... —sense acabar la frase la mare va esclatar en una rialla—. No fa cap falta que la tapes; la teua titola i jo ja fa molts anys que ens coneixem.

—Quina gràcia! Avui t'has alçat molt eloqüent! Però jo tinc dret a la meua intimitat!

—Tens tota la raó. Un bes, que avui tinc molta pressa! —va dir la mare mentre li feia un bes a la galta banyada.

—Mare, ja que ets aquí, mira a veure què passa amb l'aigua, s'ha aturat de sobte.

La mare va rodar la maneta i l'aigua va tornar a rajar.

—No passa res, fill —es va sorprendre la mare—. Me'n vaig, ja ens veurem al vespre. Fes bondat i espavila que, si no, faràs tard —el va advertir mentre li feia un altre bes.

—Adéu, mare! No et canses!

La mare va fer un bes fugaç al pare i va desaparèixer.

El Guillem va tornar a la dutxa sense presses. Altra vegada l'aigua va parar de brollar. Va tornar

a girar la maneta i l'aigua va rajar de nou. Però, quan va provar de treure's el sabó, misteriosament va tornar a aturar-se.

—Què és el que passa? Sembla que en aquesta casa hi ha fantasmes! —va exclamar el Guillem i va desistir de la dutxa.

El baf havia omplert tota l'estança, no es veia res. A les palpentes va agafar la tovallola. El lavabo, el mirall, tot s'havia esvaït, i una boirina blava havia ocupat el seu lloc.

—Guillem, afanya't! No solament tu faràs tard a escola, sinó que a mi em faràs arribar tard a la feina —es queixava el pare a l'altre costat de la porta.

Era com si sentira ploure. Ara s'eixugava els seus llargs cabells, només dos segons, temps suficient per a poder dir als pares que ho havia fet, era un xicot molt obedient. Odiava l'eixugacabells, pensava que era un electrodomèstic horrible i que feia un soroll infernal, a més a més de ser molt perillós. Li feia la sensació que, si l'usava més de dos segons, podia quedar electrocutat. Ell, per si de cas, prenia totes les precaucions i no utilitzava mai aquest aparell sense protegir-se amb els guants de goma de fregar, així que trigava més a posar-se i treure's els guants que a eixugar-se els cabells. Però, tal com deia ell, home previngut no és vençut, sabia molt bé el que feia; n'estava fart, de veure pel·lícules en què la taxa de mortalitat augmentava per culpa de l'eixugacabells, això sí, deixat caure sense voler dins una banyera en què hi havia una rossa espaterrant i amb l'aigua fins al coll. No cal dir que el gènere preferit del Guillem era el *gore* i que la seua imaginació era desbordant. El pare opinava que era un neuròtic, i la mare ho justificava dient que eren coses de l'edat. El fet és que encara ningú havia aconseguit treure-li aquesta mania del cap. Quan ja estava preparat comptant el temps amb el cronòmetre a la mà, l'eixugacabells es va aturar. El Guillem va quedar bocabadat; això sí, que li portava malastrugança. Sense pensar-s'hi gaire, va desendollar l'eixugacabells amb molt de compte i va sortir disparat del bany.

El rellotge corria i corria, i el pare ja s'havia cansat de tant de cridar. L'escena es repetia cada matí, i ja n'estava fart. Sabia del cert que a l'últim el Guillem aconseguiria arribar al metro, tot just, però hi arribaria, de manera que va escalfar un altre cafè i es va assossegar. Ara l'esperava tranquil·lament assegut a la taula de la cuina llegint el diari.

Per fi va aparèixer el Guillem, molt polit i amb els seus cabells llargs ben xops.

—Te'ls has d'eixugar més, els cabells; som a l'hivern i et refredaràs.

—A l'eixugacabells li passa alguna cosa, i a la maneta de la dutxa també.

—Val més que pares de buscar-te excuses i que t'afanyes.

—Quin fàstic, aquesta llet és tèbia!

—I doncs, què vols, ja fa més de mitja hora que està sobre la taula, el que és estrany és que no siga completament gelada.

El Guillem la va tornar a escalfar al microones, però aquest es va aturar de sobte.

—Ho veus? Avui passa alguna cosa amb els aparells elèctrics!

—Doncs, a aquest, li passa que és massa vell, com la majoria dels aparells de la casa. Vinga, afanya't, que farem tard.

Tot fent ois, es va prendre la llet tèbia, no volia més problemes amb el pare, però va desistir de menjar-se les torrades, eren fredes. Per un instant va dubtar de posar-les al microones; però no, no ho tornaria a intentar. La millor solució era la torradora, l'únic inconvenient és que aquest electrodomèstic, i l'eixugacabells, i ara el microones, i uns quants més, formaven part d'una llista d'elements no desitjats, així que ho va deixar córrer. Ja feia temps que no aconseguia menjar torrades com cal; potser aquesta era una bona raó per a llevar-se d'hora. De manera que es va decantar per prendre cereals.

El pare se'l mirava per sobre del diari, i es mossegava la llengua per no dir res. El Guillem ara agafava la bossa de cereals i en posava uns pocs a la llet, després una culleradeta de sucre, i lentament, sense pressa, se'ls anava ficant un a un a la boca. Va tornar a repetir l'operació, però aquesta vegada va abocar tota la bossa de cereals dins la llet.

—Avui no sé ben bé què és, però t'assegure que passa alguna cosa —va dir tot convençut.

—Para de pellucar i fes-me el favor de menjar més de pressa!

—I què vols, que se m'assente malament! —va replicar el fill mentre anava cap a la nevera.

—I ara on vas?

—A agafar el suc de pinya, em fan falta vitamines. Tu sempre dius que un bon desdejuni és necessari per a començar el dia.

—Per a alguns mortals, el dia ja fa hores que ha començat. Escolta'm, fill, mira si alguna d'aquestes vitamines et va directament al cervell, i aquest dóna l'ordre que passes via!

—Realment, pare, no t'entenc —va declarar el Guillem mirant-lo amb uns ulls com unes taronges.

—Sí, fill, sembla que alguna cosa t'impedeix entendre que es fa tard, que tinc pressa i que la meua paciència s'acaba!

—Si vols un consell, no prengues tant de cafè, de segur que aquest és el segon. Que no te n'adones, que ets un sac de nervis?

El pare va quedar bocabadat, no hi havia dubte que el Guillem era sorprenent. Sempre havia pensat que aquest aspecte de la personalitat del fill l'havia heretat de la família de la mare, no recordava ningú tan maniós en la seua. La mare pensava exactament el mateix però a l'inrevés. El cert és que era així, únic, com tots els adolescents.

Per fi va acabar de desdejunar-se. Aleshores es va posar a revisar la motxilla.

—Això no ho podies fer al vespre abans de ficar-te al llit?

—Si ja ho faig, però ho torne a mirar tot per si de cas m'he descuidat alguna cosa.

—Vinga! De pressa! O no et portaré al metro —el va amenaçar el pare, que ja treia foc pels queixals.

El Guillem es va penjar tranquil·lament la motxilla i va enfilar cap a la porta.

—Cuita, que farem tard! Després dius que la culpa és meua —va apressar el pare, que havia anat a agafar les claus del cotxe.

El pare se'l va mirar amb incredulitat, es feia creus com aquell fill seu podia tenir tanta barra.

L'escola del Guillem era a Museros, un poble pròxim a la ciutat de València, només a vint minuts amb metro. Tenia el temps calculat, agafava el metro de les 8:34, arribava al poble a les 8:54 i a les 9 ja era a classe.

Els pares sempre li advertien que no podia anar tan just, que a l'hora que es llevava li sobrava temps per a agafar el metro anterior i arribar més prompte a classe; però ell no en feia cas. Bé era cert que, des que hi anava amb metro, no havia fet tard a escola i que aquestes manies de l'horari, de tenir els minuts comptats, formaven part de la seua personalitat, o almenys de la personalitat que tenia d'uns quants mesos ençà, ja que li canviava cada cert temps. Per això, tothom s'ho prenia com si fóra un refredat, que amb el bon oratge passaria.

A penes feia un parell de mesos que el Guillem agafava el transport públic per a anar a escola. Va aconseguir convèncer els pares quan va fer catorze anys. El fet és que ell el que volia era una moto, però la mare deia que ni parlar-ne, i el pare, que quan fera quinze anys ja ho discutirien. Així, si més no, va aconseguir deixar l'autobús escolar. Ara tenia tres mesos més, i li agradava barrejar-se amb els passatgers, sentir les converses alienes —quan el volum dels seus auriculars li ho permetia—, com comentaven els seus problemes, com parlaven de la feina i fins i tot de coses més íntimes, únic moment en què apagava l'MP3. Ell feia el distret, però parava orella a tot el que deien.

El Guillem va intentar obrir la porta del cotxe del pare gairebé abans que s'aturara, però la porta s'hi va resistir. Li va rodar el cap, sabia que passava alguna cosa. Era com si algun ésser de l'espai exterior estiguera barrant-li el pas i fent-li malifetes des que s'havia llevat.

—Ara sí, que corres! Que no em fas un bes? —el pare el va treure dels seus pensaments.

—No puc obrir la porta —li va dir mentre el besava.

El pare va girar la maneta i la va obrir a l'acte.

—Ja està. Això és que encara estàs adormit. Adéu, fill, que passes un bon dia.

—Adéu, pare —va dir el xicot mentre sortia disparat del cotxe.

El Guillem va desaparèixer de seguida, es va esmunyir volant per les escales del metro. Va obrir la motxilla i en va treure l'abonament. Tenia el temps calculat, només faltava un minut. Va posar l'abonament per la ranura i... un nyic-nyic espantós li va entrar per les orelles.

—I ara què passa! —va cridar.

La porta no es va obrir, l'aparell li va tornar l'abonament. El Guillem se'l va quedar mirant. De sobte, un xiulet acompanyat d'una claror intensa va omplir l'estació. Era el metro. Va introduir l'abonament una altra vegada, i una altra, però la màquina li'l tornava insistentment. Va anar corrent cap a la finestreta. No hi havia ningú, un cartell indicava que calia anar a una altra finestreta en un altre lloc. La gent continuava pujant al metro. Potser tindria una oportunitat en els dispensadors de bitllets automàtics. Va treure els diners de la motxilla mentre corria cap allà. El metro continuava aturat. Va ficar dues monedes, la màquina li les va tornar: «import exacte», «import exacte», li repetia una veu metal·litzada. Estava desesperat. Es va preguntar qui devia ser el llumenera que havia posat veu a la màquina. Apuntaria aquesta a la seua llista. El metro seguia a l'estació. Va mirar cap a tots els costats, buscant algú que l'ajudara.

—Per favor, senyora, que porta canvi? —va demanar a una velleta que passava per allí.

—No, fillet, jo tinc un abonament. T'ho recomane, és molt pràctic, i així no et cal anar buscant xavalla... —parlava i parlava l'àvia, mentre el Guillem, impotent, veia com el tren desapareixia.

Arribaria tard a escola.

—No hi fa res, moltes gràcies, senyora —va dir decebut, mentre corria a buscar la finestreta que indicava el cartell.

Una vegada allà, una empleada el va informar molt amablement que la targeta estava arrugada i que, per això, no podia picar. Ella li'n faria una altra de nova. Però, quan ho va intentar, la màquina no va respondre.

—No sé què passa. Acabe de fer un abonament nou i no he tingut cap problema —li va explicar la xicota mentre ho intentava altra vegada.

El Guillem se la mirava furiós. Sabia que avui passava alguna cosa amb els aparells i les màquines. S'havien declarat en vaga i els humans encara no se n'havien assabentat. Havia de ser això.

La xicota va trucar per telèfon. Va estar una bona estona repetint monosíl·labs.

—Sí... Sí... No... Bé... No... Sí... Ja... Bé...

I per fi:

—Moltes gràcies, Anna, sembla que ja funciona. Ens veurem a l'hora d'esmorzar. Adéu —i va penjar el telèfon.

—I doncs, ja està? —va preguntar impacient el Guillem.

—Sí, la veritat, no sé el que li ha passat, ara torna a funcionar!

Havia perdut molt de temps. El Guillem ja sentia com l'altre metro entrava a l'estació. Va córrer, però quan va posar l'abonament a la ranura, la màquina li'l va tornar.

—És la rebel·lió de les màquines! —va exclamar el Guillem mentre ho tornava a intentar.

El metro ja era a l'estació. Aquesta vegada les portes es van obrir de seguida. Va baixar l'escala mecànica volant, i quan ja estava a punt d'aconseguir-ho, el metro va fer un xiulet i va tancar les portes. El Guillem va quedar amb un pam de nas mirant com el metro se n'anava. La velleta que havia vist abans li deia adéu amb un somriure enigmàtic i el paraigua a la mà. Ara ja no hi havia res a fer. Es va asseure en un banc a esperar el pròxim metro. Aleshores es va posar a cavil·lar com ho explicaria als pares; per un instant va imaginar les seues cares condescendents, repetint-li una vegada i una altra «ja t'ho dèiem», mentre ell els contava tot allò de l'abonament i de les portes. Però, com que no hi havia remei, va engegar l'MP3 i es va aïllar del món amb les cançons de Brams.

L'andana va començar a omplir-se de gent, gent desconeguda, gent que no havia vist mai.

El temps corria, però el Guillem no se n'adonava, absort en la música. Algú va dir alguna cosa pels altaveus, però ell ni se'n va assabentar. Tampoc va veure les cares de preocupació que feia la gent. L'altaveu insistia i insistia. Tot d'una l'MP3 es va aturar. El Guillem va alçar els ulls i va veure com la gent tenia la cara desencaixada. Algunes persones ploraven; unes altres eren assegudes a terra. Es va treure un auricular. L'altaveu ja havia acabat el seu missatge. La xicota dels abonaments havia baixat a l'andana, parlava amb la gent. Al Guillem li va agafar por. No sabia el que passava, però estava espantat. A poc a poc es va apropar a la xicota, i abans que els seus llavis pogueren moure's, l'altaveu va tornar a repetir el missatge, un missatge impersonal i fred:

SENYORES I SENYORS,
DISCULPEN LES MOLÈSTIES,
PERÒ EL PRÒXIM METRO TINDRÀ
RETARD A CAUSA D'UN ACCIDENT.
PER A MÉS INFORMACIÓ, FACEN EL FAVOR
D'ADREÇAR-SE AL PERSONAL DE L'ESTACIÓ.

El Guillem no s'atrevia a fer la pregunta del milió: quin metro havia tingut l'accident, el que venia o el que acabava de perdre? La xicota de la finestreta se li va acostar.

—Has tingut sort que la màquina fóra espatllada.

El Guillem va quedar blanc, estava marejat. Es va asseure a terra. No volia ni pensar què hauria passat si haguera agafat l'altre metro. Va clavar el cap entre les cames. Tenia ganes de plorar i se sentia molt sol entre aquella gent estranya. De sobte va sentir com algú l'abraçava. Va alçar els ulls. Era el pare, que s'havia assabentat de la notícia per la ràdio quan encara era al cotxe.

—No plores, fill, no passa res, ja sóc aquí!

—He estat a punt... a punt d'agafar aquell metro! —repetia el Guillem entre sanglots.

—Guillem! Guillem! —va sentir la veu de la mare que el cridava des de dalt de l'andana.

—Mare!

Anava tota xopa. Va baixar volant l'escala, gairebé més de pressa que el fill uns moments abans.

—Com estàs, fill? —li va preguntar mentre se'l menjava a petons.

—Estic bé, estic bé. Com ho has sabut?

—El meu secretari ha sentit la notícia per la ràdio. De seguida he deixat la reunió i he vingut disparada.

—Però, com ho sabíeu, que havia fet tard?

—No ho sabíem, fill, no ho sabíem... —va dir el pare somrient—. Però algun dia havia de passar.

—Aquesta vegada sí, que m'alegre que hages fet tard —va riure la mare.

—Val més que marxem, aquí no fem res —va recomanar el pare.

—Ja no faré tard mai més. D'ara endavant em llevaré d'hora, us ho ben assegure.

Era un bon propòsit. El Guillem ja era amb els seus pares, com havia de ser. L'error havia estat esmenat. Mai s'assabentaria del que nosaltres sabem, mai tornaria a veure la Màgia, mai se'n recordaria, de la Providència. Aquesta és, potser, la màgia del temps.

Ací acaba aquest llibre
escrit, il·lustrat, dissenyat, editat, imprés
per persones que estimen els llibres.
Ací acaba aquest llibre que tu has llegit,
el llibre que ja ets.